文春文庫

女ともだち

村山由佳　坂井希久子　千早茜
大崎梢　額賀澪　阿川佐和子
嶋津輝　森絵都

文藝春秋

目次

女ともだち

COPY

村山由佳

小テストは、ノート持ち込み可、とのことだった。必修科目の〈政治学概論Ⅰ〉の話だ。期末テストほど重きが置かれるわけではないにせよ、一応、成績には響く。

担当の細川《ほそかわ》教授はあまりうるさいことを言わないほうだけれど、同じ小テストでも中にはエグいのもあって、テキストを含めいっさいの資料の持ち込みが不可だったり、持ち込んでいいメモはＡ４の用紙一枚だけとシビアに定められていたりする。あるいはまた、ノートはノートでも自筆のものに限り可、という科目もある。つまり、他人のノートをコピーしたものは持ち込み禁止、バレればカンニングとみなされて停学をくらうか、その年の全単位がもらえなくなるらしい。

とにもかくにも、まずはこの山を乗り越えなくてはならない。ぼくは授業が終わるなり、例によって鈴木《すずき》志緒里《しおり》に頼るべく、大教室の前のほうの席へ向かった。

「そりゃ、こんなノートで良かったら私は全然かまわないけど……」

志緒里は、ちょっと心配そうに言った。

「でも、大丈夫なのかな」

「何がさ」

「コピーでほんとにいいのかなってこと」

席にまだ座ったまま、目の前に立つぼくを見上げてくる。

こういうとき、上目遣いじゃなく、ちゃんと顔ごと上げて相手を見ようとするのがいい。ふだんはまっすぐな長い黒髪に隠されているけれど、志緒里のおとがいのラインはとてもきれいなのだ。曲線は柔らかなのに、印象は少し硬質で、何より清潔な感じがする。今どき、清潔な女の子は貴重だ。

「べつに、自筆のノートでなきゃ駄目とか言われなかったじゃん」

「そうだけど」

「大丈夫。念のために、学部の図書室あたりでルーズリーフにコピーするよ。そうすれば、ちょっと見には自筆に見えるし」

「まあ、そっか」

「大丈夫だって。そっちに迷惑はかからないようにする。学食のランチもおごるからさ」

すると志緒里は、ほんのちょっと怖い顔になってぼくをにらんだ。

「そんなの要らないよ。貸すのが嫌で心配してるんじゃないのに」

「うん、わかってる」

「ノートくらい、玲《れい》にならいくらだって貸すよ」

——玲にならぁ。

照れくさくなったぼくがふざけて大げさに拝んでみせると、彼女はしょうがなさそうに「もう」と笑った。

ノートと引き換えのランチを、水くさいと言って怒る志緒里。笑うと片方にだけえくぼのできる志緒里。女らしいのに中身はすごく男前で、性別によらず沢山の友だちに慕われている志緒里。彼女は、ぼくの気持ちを知らない。

それはもう、仕方のないことだった。何せ志緒里には恋人だっている。付き合い始めてまだ日は浅いが、けっこう頻繁にデートもしているらしい。社会人の男と張り合って、勝てるわけがない。

と、その時、

「ねえねえ鈴木先輩、あたしにもノート貸してもらえませんか?」

横合いから甘ったるい声が割りこんできた。

誰だよ、と横を見やって、げんなりする。井原佐智子《いはらさちこ》だ。同じサークルの一年生。

「井原さん、私、こないだ貸したパンキョー生物学のノートもまだ返してもらってないよ」

志緒里が少し困ったように言う。一般教育科目の生物学は、彼女もぼくと同じく一年生のうちにとってしまったはずだから、井原に貸したのはつまり、去年の授業のノートや過去問だろう。

「すいませぇん。明日持ってきます」

「うん、まあそれはいいとしてもね。井原さん、どうしてわざわざコピーなんかするの？　生物学もそうだし、この科目だってちゃんと自分でノート取ってたじゃない」

「えー、でも、あたしのなんて要点が全然まとまってなくてダメなんですよぅ」おもねるように井原は言った。「鈴木先輩のノートって、どの科目のもすっごいきれいだし、わかりやすいんだもん。お願いします」

志緒里が頼みを断れる性格じゃないのを知っているだけに押しが強い。それについてはぼくも人のことを言える立場じゃないよなと思いながらつい、横目でじろじろ見てしまう。井原は今日も、期待に違わずダサかった。

じつのところ、ぼくらは三人とも、同じサークルに所属している。

映画研究会——撮るのではなく、もっぱら観るだけのサークルで、志緒里や井原はともかく、ぼくは最近ほとんど顔を出していない。三年生の先輩がひとり、ぼくに対して面倒くさい態度を取るのに嫌気がさしたのと、現実問題としてバイトが忙しくなったのとで、めったに行かなくなってしまった。

とはいえ、井原佐智子が入ってきた当初から志緒里に「先輩、先輩」と懐《なつ》いていたのは知っている。頼られれば頼られるだけ力になってやろうとするのが志緒里だ。

そんなわけで、ノートは結局、井原の手にも渡ることになった。

「あの、宮下《みやした》先輩」初めてぼくのほうを見て、井原が訊く。「先輩はコピー、いつ取りに行くんですか？」

「今から学部の図書室まで行ってくるつもりだけど」

志緒里もぼくも、このあとは授業を取っていない。学食ででも待っていてもらえれば、用の済んだノートをすぐ返せる。

「いくらなんでも、ひとのノートを家へ持って帰っちゃうのは悪いしね」

皮肉をこめて言ったつもりなのだが、井原には全然響かなかったようだ。

「じゃあ、一緒に行きますぅ。あたしのぶんもコピー取ってもらっていいですか？」

「は？」

かなりびっくりした。たった一学年とはいえ、そっちが後輩なのだ。自分も行くと言うなら、先輩のぶんまでコピー取らせてもらいますね、が普通じゃないのか。

「あ、でも困ったな」井原は、志緒里のほうを見やった。「あのう、あたし、鈴木先輩に相談っていうか個人的に聞いてもらいたいことがあって」

「何、サークルのこと？」

「ていうかまあ、ちょっと……」

ぼくのほうを見てから、また志緒里を見やる。その媚びたような目つきに、内心、むかっとくる。

なのに、

「わかった。いいよ」志緒里は言った。「今だったらちょうど空いてるし。ここじゃなんだから、お茶でもしながら話そっか」

「わあ、ありがとうございます！」

「玲、ごめん」志緒里がぼくのほうを向く。「ノート、悪いけど二部コピーしてきてもらえないかな。私たち、三号館のラウンジで待ってるから」

その横で井原が、すみませぇん、お金はあとでちゃんと払いますー、と舌を出す。ちっとも可愛く見えないし、わざわざ言うまでもないほど当たり前のことだ。何もかも釈然としない。

けれどぼくは、苦笑気味の二つ返事で引き受けた。

井原のためなんかじゃない。志緒里に、親切を出し惜しみする人間だと思われたくなかったからだ。

＊

こう言っては何だけれど、井原佐智子は地味な女だった。顔の作りがまずいわけじゃないのに、何しろ地味で、服装、佇《たたず》まい、名前の雰囲気と何から何まで地味で、そう、とにかく地味なのだった。それ以外の形容はちょっと思い浮かばないくらいに。

体つきは痩せていて、髪型ときたら庭先でおばあちゃんとかに切ってもらってるんじゃないかと思うほど素っ気ないおかっぱ。地方から東京に出てきてもう何ヵ月もたつはずなのだが、ここまで自分に疑問を抱かずにいられるのは、ある意味、賞賛に値する。

——ところが。

小テストがどうにか無事に終わり、空気がぐっと夏めいてきたある日のこと、午前中の授業を終えて本館の学食へ行こうとした時、たまたま見かけた井原に、ぼくはびっくりした。すれ違うまで、彼女だとわからなかったくらいだ。

あんな感じの子だったろうか。いつ見ても地味であるはずの彼女が、その日はずいぶん華やかに見えた。水色と白のボーダーのカットソーに、ネイビーのスカート、首もとに結んでいるのは小さなマリン柄のスカーフ。たしか志緒里もこの間、似た感じの服を着ていた気がする。もちろん、はるかによく似合っていたけれど。

そうこうするうちに、井原佐智子はどんどん変わっていった。メイクや髪型まで垢抜けて、性格までがなんだか変わったように見えた。

いや、最後のについては違うかもしれない。もともとの性格を遠慮なく表に出すようになった、と言ったほうが当たっている。

「いきなり化けたと思わねえ？」

「そう、それ。俺も思ってた」

久しぶりに出たサークルの飲み会の席で、男たちは口々に噂をした。一応は本人に聞こえないところでだ。

「何かいいことでもあったんじゃねえの？」

そう言ったのは、例の面倒くさい先輩、皆川《みながわ》だった。くだらない男の、くだらないニヤニヤ笑い。ビールの汗が噴き出して額も鼻もてかてかしている。醜いものを見るのが嫌で、ぼくは目をそむけた。

こういう手合いは、どんなグループにも必ず一人はいる。誰かを見下してマウンティングしては、自分の優位を確かめて悦に入るタイプ。そういうのが、ぼくは本当に嫌いなのだ。

「なあ、宮下、知らね？　そのあたりのこと何か聞いてねえの？」

「べつに何も」

どうしてぼくが、と思ってみる。

「だってさ、井原と仲いいみたいじゃん」

「自分は、全然。仲いいのは志緒里ですから」

「まあ、確かになあ。あいつら最近、べったりだもんなあ」

当の井原佐智子は、座敷の長テーブルの向こうのほうで担当教授との話の輪に加わっている。なぜって、その輪の中に志緒里がいるからだ。二人がべったりなわけじゃなく、井原が志緒里にべったりなのだ。もともと友だちが多かったはずの志緒里の周りに、誰一人寄せ付けまいとするかのようにバリアを張りめぐらせている。

「女ってさ、いっぺんくっつくと、なんかすげえ排他的になるよな」

皆川も、そっちを窺いながら言った。

「こないだなんか俺、鈴木に用があってちょっと話しかけただけで、井原のやつにめっちゃ睨まれたもん」

ぼくだってそうだ。もう何度、志緒里に近づくのを邪魔されたかわからない。

くり返すが、井原佐智子のほうが一方的にくっついているだけなのだ。志緒里はきっと迷惑しているにきまってる。

……と言いたいところだけれど、今のところ志緒里にそういう様子は見られなかった。後輩女子から妙に慕われて、つまらない相談事も親身に聞いてやったりしていたらさらに懐かれて。

井原のいささか行き過ぎた執着はどうせ一過性のものだろうし、志緒里も好かれて悪い気はしないんだろうなというのは見て取れた。

そもそも、井原がここまで短期間に垢抜けたのだって、彼女のアドバイスがあったからこそだ。

「最初はね、お化粧をしたことがないって相談されて」

志緒里は、ぼくにそっと打ち明けた。小テスト前の、あの三号館での話はそれだったらしい。サークルに入って異性とも話すようになったら、遅まきながら自分の見てくれが気になりだしたが、いったいどこから手を付けていいのかわからない。先輩お願い、相談に乗ってください、ということだった。じつにくだらない。

「だいたい、なんで志緒里なのさ。そういうことってふつう、友だちに相談するもんじゃないの？」

ぼくが訊くと、志緒里は肩をすくめた。

「少ないみたい」

「何が」

「友だち」

まあ、それはわかる。

「でもね、彼女なりに一生懸命なんだよ。『ほんとに何にもわからないんです、先輩が使ってるメイクの道具とか教えてください！』って泣きそうな顔で言われたら、かわいそうになっちゃって。結局あのあと、メイク道具一式の買い物に付き合うことになったわけ」

それればかりではない。なんだかんだでほだされた志緒里はあの晩、なんと彼氏と約束をしていたのをキャンセルし、大学のすぐ近くにある自分の下宿へと井原佐智子を連れていって、メイクのやり方を一から手ほどきしてやったのだ。さらには行きつけの美容院を紹介し、担当美容師によろしく頼んでやり、買い物にも付き合って、ふだん自分が行く店で洋服や靴やバッグなどを一緒に選んでやった。

井原にとって、憧れの鈴木志緒里先輩のアドバイスはおそらく、目からうろこどころか世界の光と影が反転したかのような衝撃だったんじゃないかと思う。

これまでは、たとえばクッキーの缶みたいなタータンチェック柄のブラウスに白っぽいセーターや紺のスカートを合わせたりしていたせいで、ノーメイクなのとあいまって中学生みたいな印象だったのが、同じブラウスにショート丈の黒いカーディガンとデニムを合わせるだけでも全体の雰囲気は劇的に変わる。無難なだけのぺたんこ靴を、ヒールのあるローファーやブーツに変えればなおさらだ。

「そんなにいろいろいっぺんに買う金が、よくあったもんだね」

「私も心配だったんだけど、仕送りには不自由してないみたい。住んでるのも一応マンションみたいなこと言ってたし」

実家がお金持ちみたいだよ、と志緒里は言った。

「自分のことはあんまり話したがらないから、私も聞かないけど」

気がつけば、ぼくらは二人でいる時にも、井原佐智子を話題にすることが多くなっていた。

迷惑な話だ。志緒里と話したいことなら、他にたくさんある。いっそ、話さなくたっていい。ずっと何も喋らずに、木陰のベンチに座って風に吹かれているだけでも、ぼくは充分に満ち足りていられる。

なのに、彼女は時折、くすりと思い出し笑いをしては、ひな鳥みたいに自分の後ばかりついてくる可愛い後輩のことをぼくに聞かせるのだった。

「誤解されやすいんだよ、あの子。ちょっと癖が強いだけで、付き合ってみればぜんぜん悪い子じゃないってわかるんだけど……。人見知りのせいで、親しくない相手にはまず警戒心を剝き出しにしちゃうでしょう。ああいうところを直すようにしたら、それだけでもだいぶ違うよって言い聞かせてるとこ」

きょうだいといえば弟が一人いるだけという志緒里にとって、同性から慕われるというのは初めての感覚なのだろう。そんなふうに話しながら、妹を気遣うかのように目を細めるのが常だった。

（あんまりのめり込んで面倒を見すぎないほうがいいよ）

言いたいけれど言えなくて、ぼくはできるだけ機嫌良く、真摯に耳を傾けるふりをした。ぼくが言ったところで、やきもちみたいに受け取られてしまうのもあれだし、実際問題、やきもちであることは間違いないのだ。

けれど、何だろう——それとは別に、いやな感じの胸騒ぎもしていた。

井原佐智子にはなるべく関わらないほうがいい。

ほんとうはそう言いたかった。

*

『太陽がいっぱい』という映画がある。ルネ・クレマン監督、アラン・ドロン主演の、一九六〇年の作品だ。

タイトルこそ有名だけれど古いものだから、よほどの映画好きでない限り、観たことのない人のほうが多いかもしれない。ぼくだって、数年前に亡くなるまで同居していた母方の祖母がアラン・ドロンの熱烈なファンだったから知っているだけで、そうでなければ観ることはなかったんじゃないかと思う。パトリシア・ハイスミスの同じ原作をもとに、わりと近年、マット・デイモンとジュード・ロウで再映画化された『リプリー』もあって、もちろんそれも観たけれど、ぼくとしては断然『太陽がいっぱい』のほうが良かった。

それは、ぼくだけの愉しみだった。たまたま授業が休講になった日や、バイトが早く上がった日など、部屋の明かりを消し、もう数え切れないほど観たその映画をぼんやり眺めるのだ。

かの淀川長治氏はこの作品を、ホモセクシャルの映画、ときっぱり言い切ったそうだ。それが正しいかどうかはわからない。時代もあって、同性愛的な側面は、映画の中ではあからさまに描かれていない。

でも、フェロモンだだ漏れのアラン・ドロン演じる貧しいトムが、大富豪の息子フィリップとの間でもてあます屈折した愛情、というか愛憎は、そういう目で見れば見るほど、暗喩や符合に次々と気づかされて、ひどく切ないものがあるのは事実だった。

とくに、有名なヨットの場面。フィリップが恋人のマルジュと愛し合おうとすると、嫉妬したトムはわざと舵を切って邪魔をするのだが、怒ったフィリップは罰としてトムを小さなボートに乗せ、ロープで曳航《えいこう》しながら情事を愉しむ。

小舟の上、裸の背中を強烈な太陽にじりじりと灼かれて苦しみながらも、トムにできるのはフィリップの怒りが解けるのを待つことだけだ。でも、そうして下された罰の中に歪んだ愛が含まれていることを、彼は確かに知っていて、火ぶくれになった背中の痛みまで甘んじて受け容れているようにも見える。

物語の後半、トムは衝動的にフィリップを刺し殺してしまう。かねてから雑用係としてこき使われていた間に、フィリップの筆跡を完全に真似ることができるようになっていた彼は、そのサインをもって莫大な財産を引き出して大富豪になり代わろうとする。けれど、すべてを手に入れたかに見えた矢先……。

〈太陽がいっぱいだ。最高の気分さ〉

眩しい白砂、紺碧の海、日に灼けた身体。そうして、陸に上がるヨットの後ろから引きずられて揚がってくる死体。

あんなにも衝撃的かつ美しいラストシーンは、なかなか他にない。

志緒里から、『太陽……』と『リプリー』をサークルで比較研究することになったと聞かされたのは、長い夏休みがようやく明けてすぐのことだった。

バイトが忙しく、休みの間はサークルどころか大学界隈に顔を出すこともなかったから、志緒里の顔を見るのも久しぶりだった。恋人同士でもない、ただの友だちなんて、寂しいけれどそんなものだ。

おまけに最近は、必ずと言っていいほど井原佐智子がへばりついているから、志緒里に会おうと思えばあの女の顔まで見なくてはならない。これまで、いつだって志緒里のそばに確保されていたはずのぼくの居場所は、いつの間にか消えてなくなってしまっていた。

「玲、あの映画、好きだったでしょ」

そう言う志緒里は少し痩せたようで、その日はありがたいことに独りだった。

「久しぶりに顔出してみない？　玲ほどあの作品をちゃんと観てる人なんか他にいないもの。私も、玲の解釈とか聞いてみたいし」

それに、と言葉を継ぐ。

「ちょっと話したいこともあってね」

「なに。今でもかまわないよ」

志緒里は首を横に振った。

「一度、玲の目で見てもらってから意見を聞きたいの。だから、悪いけど来週のサークルと飲み会、出てくれないかな」

意味はわからなかったけれど沈んだ顔が気になって、ぼくは、わかった、と答えた。

何しろ弱小サークルだから、部室なんて上等なものはない。みんなで新作映画を観に行く時はまだしも、古い映画を取り上げる場合は空いている教室の使用許可願いを出し、ほそぼそと上映会をするのが関の山だ。

この日も、二つの映画を観たあとは直接、前と同じ居酒屋へ移動することになった。

どうせ比較研究なんて名ばかりで、ただ集まって酒を飲む口実に過ぎないのだ。

たまに来るたびに、やっぱり来るんじゃなかったと後悔する。わかったような顔で全然わかっちゃいない連中の御託を受け流すだけならまだしも、途中でジョッキ片手にそばへやってきた皆川先輩からはまた当てこすりのようなことを言われた。

「宮下なんかはさ、ああいうの観て、どうよ」

「どうって何がですか」

「いやさ、観てて何か思うところあったりしないわけ?」

汗ばんだ薄笑いに鳥肌が立つ。自分のぶんの会費はすでに幹事に渡してあったから、もう帰ろうかと思った。目で探したのだが、志緒里がいない。トイレにでも立ったようだ。

と、

「すみませぇん、遅くなっちゃった」

聞き覚えのある声がして、ぼくは目を上げた。

見覚えのない女が立っていた。

いや、見覚えは、あるといえばある。二つの〈見覚え〉がへんなふうに一つに重なって、ぐわんと眩暈《めまい》がする。

「あ、宮下先輩も来てたんですか。なんかお久しぶりですぅ」

と、志緒里が言った。違う、志緒里じゃない。でも志緒里に見える。志緒里にしか見えない。

最初の頃のダサいおかっぱから、美容院で流行りのショートボブにしたはずの髪は、いきなり肩下二十センチまで伸びていた。お菊人形かよ、とぎょっとしてから、どうやらへアエクステであることに気づく。後ろから見たら、間違えて「志緒里」と声をかけてしまいそうだ。

着ているものの趣味もそっくりで、今夜は洒落た色味のブラウスに上品なレースのタイトスカートを合わせ、一粒パールのネックレスをしている。パンプスを脱いで優雅にそろえ、座敷に上がってきた彼女は、ぼくの真ん前に立った。こちらを見下ろし、これまた志緒里みたいに少しだけ右に首をかしげる。

あっけにとられているぼくを見て、皆川先輩がにやりとした。

「知らなかったんなら、びっくりしたろ。いくら仲良くたって、ふつう、ここまで真似するかね」

「真似なんかじゃありませんてば。あたしはもともと、こういう格好が好きだからしてるだけです。失礼なこと言わないでくださいよぅ」

声と喋り方だけは変わらない。こちらを見下ろしていた彼女――見た目は限りなく志緒里に近い井原佐智子が、誰かに名前を呼ばれ、「はあい」と座敷の奥へ行こうとする。と、思い直したように引き返してきた。すぐそばにかがみ込まれ、ぎょっとなって肩を引いたら、ふふ、と笑われた。

「宮下先輩って……」そっとぼくに耳打ちをする。「いっつも、へんな目で見てますよね。鈴木先輩のこと」

固まったぼくを、井原が間近に見つめる。メイクのせいで、眉の形も唇の色もそっくりだ。

「気持ち悪いですよぅ」

すっくと立ち上がる。空気が動き、志緒里と同じコロンが香る。

去り際に残された笑みに、一拍おいて、ぞわっとうなじの毛が逆立つ。みっともなく震える手をビールジョッキへと伸ばそうとした時、開け放された障子の向こうの通路に、志緒里が——ほんものの志緒里が立っているのに気づいた。

*

「悪気は、ないんだと思うの。きっと」

やっと彼女が口にした言葉はそれで、どこまで人がいいんだとぼくは思った。性善説を信じるにも程がある。

志緒里の下宿の部屋だった。建物の下まで送ってきたことはあったけれど、靴を脱いで上がるのは今夜が初めてだ。

狭いワンルームの窓際のコーナーに、大きめのスタンドミラーが置かれている。あそこで井原佐智子にメイクを教えてやったのだろう。

「何が気に入ったんだかわからないけど、こんな私に憧れてくれて、お手本みたいにしてくれて……ありがたいと思ったたし、最初のうちは、そんなに不思議には感じなかったの。一緒にいるの楽しかったし」

自分のマグカップと、ぼくの前に置いたそれの真ん中あたりを見ながら、志緒里はぽつりぽつりと話した。

「周りはみんな、『仲のいい姉妹みたいだね』って笑うし、私に似てるって言われれば言われるほど彼女は嬉しそうだったでしょう。だから、まあ別にいいかなって。時々違和感みたいなのがあっても、深く考えないようにしてた。私とまったく同じスマホのカバー買ったり、髪型をあんなふうにしたり、まるっきり同じ香水つけるようになったりしても、そこまでは真似しないでって言えなかったの。あの子を傷つけるみたいな気がして」

「真似じゃ、ないじゃん」

ぼくは思わず口をはさんだ。

「え？」

「真似なんかの域は、もうとっくに超えてる。あれは、コピーだよ。志緒里の、完全な」

彼女が絶句する。次の瞬間、顔を覆って泣きだした。

狼狽《うろた》えるぼくに、

「ごめん……」泣きじゃくりながら言う。「なんでだろ、いっぺんに気が緩んじゃって」

ぼくは部屋を見まわし、カラーボックスの上にあったティッシュの箱を取って、志緒里に差し出してやった。こういう時、あとさき考えずにそばへ寄って思いきり抱きしめることのできない自分が歯がゆい。

いくらか落ち着いてから聞き出したところによると、彼女は例の恋人にも相談したそうだ。なぜなら、井原佐智子は、志緒里のデートにまでくっついてきたことがあったから。

サークルの集まりの帰りだった。正門を出た志緒里が、迎えに来た彼氏の車に乗ろうとしたところへ、井原は半ば強引に割り込んできた。

〈すいませぇん、友だちと食事の約束をしてるんで、二つほど先の駅まで乗せてってもらえませんか?〉

ずいぶん厚かましい頼みだけに、志緒里はぎょっとしたけれど、その彼氏にしてみれば自分の恋人の友人をむげにもできない。快く送っていってくれることになったのだが、しきりにスマホをいじっていた井原はやがて駅が近づくと、友だちとの予定が急にとりやめになってしまったと言いだした。

〈どうしよう、晩ご飯〉

などとしょげた顔をするので、結局その日は三人で食事する羽目になり、三人でバーに流れて、遅くに解散となった。

「そのしばらく後で……たしか一週間くらい後だったかな」

志緒里は懸命に思い出そうとしながら言った。

「彼がね、今日、会社の近くで偶然あの子に会ったよ、って言ったの。ちょうど昼休みで外へ出たところだったから、誘われるままにランチを一緒に食べたんだ、って。私、思わずぞっとした。たぶんそれ、偶然じゃないと思うの。だってあの晩、彼の勤め先がどこか、あの子、くわしく訊いてたもの」

ぼくは、黙って頷いた。

偶然なんかであるはずがない。井原はおそらく、志緒里の恋人が出てくるところを待ち伏せしたのだ。何を企んでかは知らない。志緒里のものなら何だって欲しいのかもしれない。そもそも志緒里と付き合おうという男なら、ほぼそっくりに変貌した井原佐智子のことだって意外と好みかもしれない。井原の媚態はわかりやすくて伝わりやすいから。

「でも彼は、私の考えすぎじゃないかって言うのよね。ちょっと変わった子なのは確かだけど、まさか待ち伏せなんかするわけがないし、きみにだってべつにこれまで実害があったってわけじゃないいんだろ、って」

瞬間湯沸かし器的に腹が立った。

「何、それ」思わずぼくは言った。「悪いけどその人、ちょっとおかしくないかな。自分の恋人がこれだけショック受けてるってのに、実害はないんだろって、よく言えるもんだと思うけど」

志緒里が、困った顔で目を落とす。

「ごめん。とにかくさ。あの女には気をつけたほうがいいよ。できるだけ二人きりにならないようにして、距離を置くようにして」

「でも、避けてるって思われたら」

「思わせればいいんだよ。ああいう馬鹿にははっきりわからせてやったほうがいいって」

＊

二人とも、井原佐智子を見くびっていた。正確には、彼女の抱える歪みを甘く見ていた。

いざ自分が排除されようとしていることに気づくと、井原は猛然と反撃に転じたのだ。ちょうどあの映画の中で、トムがフィリップを追い詰めたように。

虚言癖というのだろうか、力いっぱい嘘をつく人間に、ぼくらはとうてい敵わない。

もしかしたら当の本人も、それこそが真実だと信じているのかもしれない。だから周りは騙される。

まず拡散された噂は、志緒里が井原をいじめているというものだった。

貸すと約束していたノートは貸さず、いざ渡したものは古くて何の参考にもならず、そのせいで井原はテストの問題が一つも解けなかった。どうしてそんな仕打ちをするかといえば、志緒里が、自分の恋人を井原に誘惑されたと思い込んでいるからだ。ほんとうはまったく逆で、志緒里の恋人のほうが井原に興味を持ち、付き合って欲しいとわざわざ連絡をしてきたのに。もちろん、先輩の彼氏を盗るわけにいかないからと断ったが、待ち伏せをされ、頼むから食事だけと誘われて、それが志緒里の知るところとなり、以来、執拗ないじめが始まった。不誠実なのは彼氏のほうなのに、どうして自分がここまで恨まれなければならないのか――。

ところどころ事実が混じっているだけに、たちが悪かった。聞きようによれば、井原の言い分が本当のことのようにも聞こえる。

そこへもってきて、さらに大きなショックが志緒里を襲った。親しかったゼミやサークルの友だちが何人も、それぞれ激怒して彼女を責めたて始めたのだ。フェイスブックのページ上で、彼女が友だちの個人的な情報を勝手に公開したり、中傷めいたことを書き立てたりしたのが原因だった。

「どうしよう、玲。違うって言ってるのに、私じゃないって言ってるのに、信じてもらえないよ」

涙さえ涸れたかのように茫然として、志緒里はぼくにしがみついた。

「だって私、フェイスブックなんかやってないんだよ。なのに、ひらいてみると確かに私なの。プロフィールも何もかも全部私で、この部屋の写真が何枚もはっきり載ってて……だけどあれ、私じゃないよ。ほんとに私じゃない」

誰かが名前をかたってページを立ち上げ、鈴木志緒里になりすまして書き込みをした。その弁明を信じてくれる友人も中にはいたが、話さえまともに聞いてくれない者も多かった。

ちょうどそんな矢先のことだ。井原佐智子が、ふっつりと大学に姿を見せなくなった。学生課に訊いてみると、いつのまにか退学届が出ていた。

郷里に帰ったらしいとか、夜の新宿でお水の仕事をしているのを見たとか、いろんな噂が飛び交ったけれど、大学を去った原因に関しては、

〈あんなに慕っていた鈴木志緒里にいじめ抜かれたせいで心を病んだ〉

という説がいちばん濃厚だった。

噂とかデマを信じる人間の心理というのは、そういうものなのだろうか。あれほど友人の多かった志緒里の周りから、人がほとんどいなくなるまで、いくらもかからなかっ

た。そばで見ているぼくにも、潮が引いていくようなその感じはよくわかった。

大事な科目のテストを、彼女がとうとう休んでしまったその日、ぼくは、自分から彼女の下宿を訪ねた。部屋に上がるのはこれが二度目だった。

「気にすることないって」

と、ぼくは一生懸命に慰めた。

「今だけだってば。志緒里のことをちゃんとわかってる人間は、あんな馬鹿な話を信じるわけないいんだからさ」

「だけど、ちゃんとわかってない人のほうがずっと多いんだよ。直接会わない人には訂正だってできないし」

ますます痩せて、化粧もせず、冴えない部屋着のまま部屋に閉じこもっている姿はまるで、最初の頃の井原佐智子みたいに見えた。

恋人とはもう連絡を取っていない、と彼女は言う。あの心ない発言以来、気持ちを寄り添わせることが難しくなってしまったらしい。

「ねえ、玲、怖いよ。みんなが私のこと噂してるみたいで、怖くてたまんないの。どうしよう玲、ねえ助けて。外へ出るの、怖いよ」

うわごとのようにくり返し呟きながら震える志緒里を、その時、ぼくは初めて抱き寄せ、力いっぱい抱きしめた。

今この瞬間の、彼女の孤独を思う。そばにはぼくの他に誰もいない。この世界に、宇宙に、彼女とぼくのふたりきりだ。

ようやく手に入れた、気がした。この一瞬を手にするためだけに用意した孤独だった。たとえ錯覚でも、一度きりで終わってもいい。むしろ、終わるとわかっていればこそ、突きあげるような幸福と恍惚に息が詰まる。

「大丈夫だから。そばにいるから」

耳もとで、赤ん坊をあやすように囁く。

「なんにも心配しないでいいよ。みんなにはちゃんと説明しておくからさ。志緒里の名前をかたるなんて、そんな悪意のかたまり、どう考えたって井原以外にいるわけないじゃん。逆恨みもいいとこだし、こっちのほうが被害者なんだから、志緒里はこれまでどおり堂々としてればいいんだよ。へんな噂なんか思いっきりはね返して胸張ってさ、そうしていればいつか絶対に誤解は解けるから」

想いをこめて話しかけ、抱きかかえてゆっくりと揺らしているうちに、だんだん落着いてきたようだ。

浅かった呼吸が深くなり、こわばっていた身体から力が抜けて、やがて志緒里は大きな息をついた。こういう気丈さが、彼女を魅力的にも見せるかわりに辛くもさせているのだと思ったら、胸が痛くなる。

目を閉じて、彼女はぼくに体重を預けた。

「……ごめんね、玲」

「なんで謝るかな」

「だって、頼ってばっかりで」

いいんだ、頼って。他の誰も、要らない。世界でぼくだけを、ぼく一人だけを永遠に頼って、そのまんまぼくなしではいられない身体になって、ぼくだけのために生きていってくれればいいのに。

「ばかだね」あえて、ため息交じりに苦笑してみせる。「女友だちってのは、こういう時のためにいるものなんじゃないの？」

「……そっか。そだね」

くしゅ、と鼻を鳴らした志緒里が、床に手をついて立ち上がる。その体温が離れてゆくのを、ぼくは、祈るように目を閉じて惜しんだ。

「コーヒー、淹れ直すね。玲も飲むでしょ」

「うん、飲む」

「まったくもうさあ……」小さなキッチンから、志緒里がぼやくように言う。「玲が、そのへんの男よりずっと男らしいってだけじゃなくて、いっそのこと、ほんとの男のひとだったらよかったのにな。そしたら絶対、彼氏にしてたのに」

心臓が。

潰れる。

懸命に息を整え、どうにか笑ってみせた。

「勝手に決めないでくれる？　こっちにだって選ぶ権利ってものがあってだね」

「あ、ひどい。何その言いぐさ」

こちらを心配させないためのカラ元気なのだろう。なおもぶつぶつ言いながらコーヒーの粉を計っている志緒里の、頼りなく痩せた背中を窺いながら、ポケットからスマホを取り出す。

〈写真〉のアイコンから、あるファイルを開く。何枚も並んだこの部屋の写真は、前に来たとき彼女に隠れて撮ったものだ。そう、井原佐智子の一万倍も、ぼくの執着は歪んでいる。

「ねえ、苦いのと薄いの、どっちがいい？」

慎重に操作し、〈消去〉を押す。一瞬にしてファイルはまるごと消え失せる。

「思いきり苦いのがいい」

ぼくの罪は、一生、消えない。

ト・モ・ダ・チ

坂井希久子

しとしと降る雨の音と、濃くなってゆく緑のにおい。

それでも公園の土管の中はひんやりと乾いていて、安全だ。底に薄く積もった砂が、太ももに貼りついてざりざりする。半袖のTシャツから伸びた腕は、やはりむき出しのあの子の腕に絡め取られ、甘酸っぱく汗ばみはじめる。

「ぜったい内緒よ」

「うん、二人だけの秘密ね」

甘美な響きに胸をうずかせ、少女たちはくすくす笑う。

額と額をくっつけて、雨の底で誓いを交わす。


―


「おはようございます！　いらっしゃいませ！　ありがとうございました！」

樹脂製の採集コンテナ。それをひっくり返しただけの壇上にもったいぶった動作で立ち、総務担当の山田さんが甲高い声を張り上げる。

会釈、敬礼、最敬礼。三種のお辞儀を使い分け、その都度整列した社員たちが、「おはようございます！」「いらっしゃいませ！」「ありがとうございました！」と復唱する。

「山田さん、いい挨拶でした。今日も一日、よろしくお願いします」

「よろしくお願いします！」

初老にさしかかった社長の濁声《だみごえ》に被せるようにして、社員一同礼。山田さんは胸を張り、なぜか誇らしげにコンテナを下りる。

毎朝の朝礼の、当番制で回ってくる挨拶運動ごときに使命感を抱く、五十二歳。正確な年齢は知らないが、だいたいそのくらいだろうと早苗は踏んでいる。

机と椅子を後部に寄せた食堂には、加工部と営業部の全社員が居並んでいた。朝礼が終わると加工部の社員から順に出て行く。階下の工場に、そろそろパートさんが出社してくる頃合いだ。

株式会社「グリーンギフト」は、従業員数約八十名（パート含む）。北関東の片隅で、カット野菜の加工、販売に携わっている。

「高垣さん、どうだった？」

同じ階にある営業部のフロアに向かおうとしたところで、後ろから肩を叩かれた。振り返ると山田さんが、肉付きのいい頬を上気させて笑いかけてくる。ビール樽のような体型で隣に並ばれると場所塞ぎだが、本人には自覚がないようだ。早苗は微笑んで見えるように、顔の筋肉を動かした。

「はい、声がよく響いていました」

「でしょ。喉を開いて、お腹の底から出すの。高垣さんも、次は恥ずかしがっちゃダメよ」

「はい、頑張ります」

そうは言っても、早苗の声はもともと通りづらい。べつに恥ずかしがっているわけではなく、時代錯誤な意気軒昂運動に乗り気でないだけなのだが、会社の方針とあらば従うしかない。

内心はどうあれ、表面上は周りに合わせておくこと。笑顔は他者から攻撃されないための鎧《よろい》である。まだ社会人三ヵ月目だが、会社も学校も、人が集まる所はけっきょく同じようなものだと思う。

部署に戻ると、今度は営業部での朝礼だ。営業統括部長の下で、業務の申し送りなどはここで行う。全体朝礼は社長の精神論を拝聴するだけのもので、これまた校長先生の長話と、時間の無駄という点では大差ない。

こういった非効率が見逃されているのは日本企業の悪弊か、それとも地方の中小企業ゆえの泥臭さか。

山田さんがトイレの個室での、スマホ利用について注意を与えている。業務とは無関係だが、これもまた申し送りの一環だ。

「それから呉《くれ》さんがまた、お家から綺麗なお花を持って来てくださいました。ありがとうございます」

スチール製のキャビネットの上に置かれた花瓶には青紫色の、百合に似た形状の花が挿されている。山田さんの拍手につられ、早苗も悪目立ちしない程度に手を叩いた。

「いえいえ、そんな」と顔の前でしきりに手を振っている呉さんは、経理担当である。早苗の推定では四十八歳。山田さんとは歳が近いぶん、仲がいい。

パートさんの多い加工部は八割以上が女性だが、営業部に女性は五人しかいなかった。仕切りのない広いフロアに早苗を含む一般事務の三人と、総務担当の山田さん、経理担当の呉さんが、一緒になって働いている。

そういえば小学生のときも、お花担当の女の子がいたっけ。お母さんの趣味が園芸だとかで、「持って行きなさい」と託されるんだと言っていた。本人もその役割を気に入っていたようで、「またお母さんがさぁ」と愚痴りながらも、まんざらではなさそうだった。

花はただ繁殖しているだけなのに、乙女チックな幻想と結びつけられてしまうのはなぜだろう。そしてもはや乙女ではない呉さんのこれは、誰に対するアピールなのか。

営業部の男性社員はほとんどが既婚だし、呉さんも夫ある身だ。ファンデーションが小皺に溜まって余計に目立つおばさんが、せっせと職場に潤いを運んだところで誰も関心を抱かない。それよりも白髪だらけの頭をどうにかしたほうがいいと思うが、そこはなぜか手を抜いている。

そんなことを考えているうちに、朝礼は終わっていた。データ入力と請求書作成が主な業務の早苗には、今日も直接関係のない事柄ばかりだった。

「あ、早苗ちゃん。悪いけどお茶淹れてくれる？」

自席に向かおうとしたところを、営業統括部長に呼び止められた。銀縁眼鏡の、にやけた顔のおじさんだ。父親の友人で、うんと小さいころに会ったことがあるらしいが、早苗は覚えていなかった。

「はい、分かりました」

時間にはそれなりに余裕のある身だ。お茶汲み扱いに目くじら立てることもない。早苗はにっこりと微笑んだ。

「高垣さん、ダメよ。あんまりおじさんをつけ上がらせちゃ」

山田さんにはいつも、ダメ出ししかされない。長机の両端を持って一緒に運んでいた早苗は、眉を落として「はぁ」と困った表情を作った。

「大人しいからねぇ、『早苗ちゃん』は」

パイプ椅子を両手に四つ持って、呉さんが後をついてくる。まるでそれがいけないことであるかのような口調である。たんに、余計な自己主張を控えてるだけなのだが。早苗はこの場を丸く収めるために、困った顔のまま「すみません」と小さく頭を下げた。

ランチタイムの食堂は、後部に寄せられた机と椅子を、使う人が自分でセッティングすることになっている。社食が入っているわけではなく、ただ食べる場所が提供されているだけなので、設備といえば電子レンジくらいのものだ。

弁当派以外の人間は外に出るしかないのだが、このあたりは緑豊かな郊外である。田んぼと畑と森しかなく、従業員は全員車通勤。コンビニすら徒歩圏内にはない。車で十五分ほど走れば国道沿いにいくつか店はあるが、一時間の休憩のうち半分を移動に取られては、「ランチのお喋りを楽しめないでしょ」と山田さんは言う。

「女の人はお化粧直しの時間もあるじゃない？　お弁当じゃないと辛いわよ」

ようするにそれは「明日からお弁当を持ってらっしゃい」ということなんだなと、早苗は初出勤の日に理解した。営業部女子社員の習慣を乱して、印象を悪くしてもつまらない。だから素直にその言いつけに従っている。

「あなたが謝ることないって。若い子見ると鼻の下伸ばしちゃうおじさんが悪いの。女の子をそうやって使っていいと思ってるところが、見てて腹立つわ」

「そのうち慣れて『早苗ちゃん、お茶』になりそうね。部長って家庭ではなんでも『オイ』で済ましそうじゃない？」

「やだ、それウチの旦那だわ」

なにがおかしいのか、呉さんが声高に笑いだす。パイプ椅子を並べ、山田さんと肩を叩き合ってはしゃいでいる。

正直ついていけないが、早苗もつられて笑っておいた。

「今はお茶くらいで済んでるけど、エスカレートしないともかぎらないから、気をつけてね」

「はい、ありがとうございます」

見ていて腹が立つならその場で庇ってくれればいいものを、二人にその気はないようだ。この状況で早苗の認識不足だけを責めるのは、「痴漢に気をつけろ」とか「夜道に気をつけろ」と同じ、責任のすり替えじゃないだろうか。

だいたい前時代を引きずっている全体朝礼には意欲を示すくせに、お茶汲みはダメだなんて。けっきょく若さへの嫉妬なんでしょうと白けてしまう。

「あの、お待たせしました」

三人が席に落ち着いたところに、早苗と同じく一般事務の緑川さんがお盆を持ってやって来る。化粧っ気のない顔にそばかすを散らした三十四歳。憶測ではなく、本人に聞いたから知っている。ほうじ茶入りの湯呑を並べ、空いていた早苗の隣に座った。

　このお茶汲みは当番制だ。食後に湯呑を洗うのとセットになっている。女同士は平等が好きなのだ。

「ありがとう。ああ、お腹空いたわねぇ」

　山田さんがそう言ったのを合図に、それぞれがお弁当の包みを開く。早苗以外は全員子持ちの主婦だから、実家暮らしの気楽さを疎まれてはならない。毎朝母が用意してくれるお弁当は、自分で作ったことにしている。母はご飯の上に切り海苔で『ガンバッテ』などと書いてしまうタイプだから、そこは注意しておかないといけない。

「あら、緑川さん。なぁに、それ。美味しそう」

「えっと、こんにゃくの肉巻きです。一つ、召し上がります？」

「いいの？　ありがとう」

　本当に大人しいのは、この緑川さんだ。山田さん、呉さんのパワーに押され、いつもビクビクしている。人間関係を円滑にしておこうと考えている早苗とは違い、孤立を恐れて強迫観念的にこの輪から抜けられずにいる。

　なにしろランチのお喋りの主題は、夫の愚痴に子供の話、それからここにはいない誰かの噂話である。食堂には交代で休憩を取るパートさんや、加工部の弁当派の社員もいるが、お構いなし。あまりのいたたまれなさに、営業部の弁当派男性は自席でお昼を済ませている。

　緑川さんは自分が槍玉に挙がるのを恐れているようだが、早苗に言わせれば本当にくだらない。社員の誰がパートの誰と不倫していたって、自分たちには関係のない話だ。社員の誰それの子供の進学先もどうだっていいし、他人の家庭事情までどうして知っているんだと問いたくなる。

　陰口と噂話のオンパレード。こんなもの、小五の昼休みの教室と同じだ。そのころから情緒が成長していないらしいのは、娯楽の少ない片田舎に縛りつけられているせいだろうか。Uターン就職などせず、東京で職を見つけていれば、もっと洗練された環境で働けたのかもしれない。

　だが中堅私立女子大学卒業見込みという肩書きは、就活ではろくすっぽ役に立ってくれず、内定がもらえなかった。地元なら多少の縁故もあるし、なにより父親が一人娘に帰って来てほしがっていた。

　両親ともに、心配性なのだ。母親はいまだに早苗の服や下着を買ってくるし、父親は早苗が指先をちょっと切っただけでも大騒ぎである。大学進学のときも一悶着あったから、呼び戻される気はしていた。

　仕事一筋でバリバリ働きたいタイプではないし、東京にも馴染んでいたわけではないから、べつに不満はない。だがこの田舎町にはただ一つ、決定的に欠けているものがあった。

「ねぇ、高垣さんって休みの日はなにしてるの？」

呉さんから急に話題を振られ、早苗は目をぱちくりさせる。さっきまで、日曜に流通統括部長のご一家と回転寿司屋でばったり鉢合わせしちゃってさあ、と話していたのではなかったか。部長夫妻は五十手前、娘さんはまだ三、四歳だったらしく、「そういや不妊治療頑張ってたわねぇ」「あれはそうとうお金かけてるって」と言い合っていた。

「呉さん、聞くだけ野暮よ。若いんだもの、彼氏の一人や二人はいるわよねぇ？」

山田さんに探りを入れられて、早苗は好感度の高いトーンであははと笑う。

「はい、実は二人いるんです」

「ええっ。うそうそ」

呉さんが目の色を変えて身を乗り出してきた。離れた所で休憩を取っていたパートさんたちが振り返る。早苗は笑顔を崩さず言った。

「フレンチブルのゴロと、アメショのナナです」

「なぁんだ、ペットか。びっくりするじゃないの、もう」

山田さんと呉さんが、またもや肩を叩き合って喜んでいる。緑川さんは引きつった笑いを浮かべており、それを横目に早苗は「下手くそだなぁ」と同情を覚えた。

感情なんて、心許せる誰かの前でだけ出せばいい。それ以外は人好きする笑顔と喋りかたで乗り切る。相手を理解しようとも、されようとも思わなければ不必要に傷つくこともない。

早苗は友人とその他大勢をはっきりと区切る。その他大勢にはプライベートを見せないし、本心がどこにあるかも知られたくない。それだけに自分をさらけ出せる相手は重要だった。

けれども今この町には、心の通い合う友達が一人もいない。

二

親友のカナコとは、「双子みたいだね」と言われるくらいいつも一緒にいた。

高一のときに同じクラスになって、五十音順で席が隣になったのは奇跡だと思う。カナコは親の方針で家にテレビがなく、携帯も持たせてもらえなかったから、女子の話題についていけないことが多かった。けれども英米文学が好きで、語り出すと止まらない一面もあった。

「べつに合わない子たちと無理につき合うことないんじゃない？　それよりお勧めの本教えてよ」

早苗のひとことで、カナコは自分には分からない話題を延々と続ける女子グループに入るのをやめた。二人で趣味の世界を共有し、ときには新しいことにチャレンジし、お揃いの小物を買って、互いの境目はどんどん曖昧になっていった。

カナコとは、元々似たタイプだったのだ。早苗も気分屋で流行りに流されやすい女子のグループとは、昔から合わなかった。そのころにはもう、本当に気の合う子とだけつき合えばいいと割り切っていた。

一クラスしかない英語科だったから三年間クラス替えはなく、大学も示し合わせて同じところに進学した。上京に反対していた両親が折れてくれたのもカナコのお陰だ。同じ寮に入るのでなければ、きっと許してもらえなかった。

どちらかに恋人ができて少しばかり距離を感じることはあっても、男とは別れたらそれでおしまい。女友達はずっと続いてゆく。

そのカナコが、今は傍にいない。大学時代からアルバイトをしていた翻訳事務所に就職し、忙しいのか電話をかけてもめったに出ない。折り返しは電話ではなくＬＩＮＥでくるし、それに返事をしてもなかなか既読がつかなかったりする。

九時五時実家暮らしの早苗と、出来高制の仕事で一人暮らしのカナコでは、自由になる時間がまるで違うことは分かっている。分かってはいるが、寂しかった。

小、中学校時代のクラスメイトとは、もはや誰とも連絡を取っていない。取ったところで、平気で人の悪口を言いふらすような女たちだ。友達にふさわしいとはとても思えなかった。

「そうだ、高垣さんちょっと、聞いてみてくれない？」

山田さんに呼びかけられて、我に返る。お弁当はもうほとんど食べ終えており、手元には多色刷りのチラシが広げられていた。

「清宮さんとは歳も近いしさ。ね？」

化粧臭い顔が近づいてくる。懇願口調だが、断ることを許さぬ圧力だ。早苗はしかたなく、「はい、いいですよ」と頷いた。

今の話題は高級宅配弁当である。山田さんが「そうだ、これ見て」と、臙脂色の制服のポケットからチラシを取り出した。飛騨牛ステーキ弁当や、特選うな重弁当といった、一つ二千円から三千円の価格帯の弁当が掲載されている。前日までに予約をすれば、こんな片田舎にも届けてくれるという。

「このくらいの贅沢、月一くらいならしてもいいと思わない？」

山田さんの提案に、呉さんが真っ先に賛成し、緑川さんは渋々ながら頷いた。早苗もべつに異存はない。だが宅配の条件として、注文総額一万五千円以上という縛りがあった。そこで清宮さんの名前が出てきたのだ。

清宮涼子は早苗より二つ年上の、二十四歳。一ヵ月前に営業部に入ってきた、一般事務の派遣社員だった。

清宮涼子は今日も昼休み終了のチャイムが鳴り終わるギリギリに、営業部のフロアに滑り込んできた。涼しげな名前が表すとおり、整った横顔にはどこか近寄りがたいものがある。

仕事は速くて正確。すでに会議や営業用の資料作りを任されており、やることやってりゃ文句ないでしょと言わんばかりに愛想がない。山田さんのランチの誘いも初日から無表情にはねつけて、陰口を叩かれてもどこ吹く風。早苗は以前から、そんな涼子が気になっていた。

デスクは隣り合っている。午後の業務が始まってしばらくは真面目にパソコンに向かっていたが、遠くから山田さんの視線を感じ、早苗はキャスター椅子に座ったまま涼子との距離を詰めた。業務上の会話を装うため、注文書のファイルを片手に持つ。

「は、冗談でしょ」

宅配弁当の話を切り出すと、涼子は案の定顔をしかめた。ファイルを盾にして顔を隠し、声を潜める。

「なんでお弁当ごときにそんなお金かけなきゃなんないの。それにほら、高垣さんは知ってるでしょ?」

ポニーテールにしたうなじのおくれ毛に涼子の息が吹きかかり、早苗は胸をうずかせる。秘密の共有。そう、私は知っている。

「ごめんなさい。そう言うだろうと思ったんですけど」

「まぁ、しょうがないか。高垣さんも事情は知らないことになってるんだし」

涼子はそう言って頬を緩める。恐縮する早苗に気を遣ってくれたようだ。

先週の日曜日、社外でばったり出くわしたのはなにも、呉さんと流通統括部長の一家だけではなかった。早苗と涼子もまた、市立図書館で偶然に顔を合わせていたのである。

早苗はただの暇つぶし。涼子は毎週開催されている絵本の読み聞かせ会に、娘を連れて来館していた。

「シングルマザーなのよ。あれこれ探られるのも面倒だから、内緒にしといて」

読み聞かせ用のルームに娘を送り出してから、涼子はそう耳打ちをしてきた。もちろん部長クラスは知っているが、広めたくはないらしい。訳ありだなと、早苗は踏んだ。

「保育園、ですか？」

「うん、そう。四歳」

「そのくらいだと、急に熱を出したりとか、あるんじゃないですか」

「そういうときは、病児保育士さんにお願いしてる」

実家に頼れる環境でもないようだ。昼休みに必ず外に出るのは、夕飯の買い物を済ませておくためだという。

自宅アパートまでは車で二十分、だったら戻りがギリギリになるのも頷けた。昼食は運転しながら菓子パンにかぶりつく程度で、つまり三千円の弁当を優雅についばむ余裕などないのである。

図書館の雑誌閲覧席に並んで座り、早苗は胸を叩いて保証した。

「大丈夫ですから。私、口固いんで」

「そうね、高垣さんはそんな感じ。ありがとう」

涼子の職場では見せぬ笑顔に、胸が弾む。ああ私は少しだけ、この人の特別になれたんだ。

早苗が涼子を気にかけていたのは、彼女が孤独を纏《まと》っているように見えたから。もしかするとプライベートでも、気の許せる友達がいないのかもしれないと思っていた。その予想は当たっていたのだ。

涼子には、なにか後ろ暗い過去があるのだろうか。たとえば不倫の果てに子供ができたとか。

周囲の反対を押し切って産んだから、実家とも疎遠になり、誰にも頼れないのかもしれない。狭いアパートで娘と二人、育児の悩みや愚痴さえ零《こぼ》せず、必死に踏ん張っているのだろう。

なんと脆いバランスの上に生きていることか。涼子自身の体か心が蝕まれてしまえば、たちまち立ち行かなくなる。親身になって支えてくれる人間が、異性にかぎらず必要なはずだった。

友達に、なってあげたい。涼子なら仲のいいふりをして人を陥れるような、卑怯なまねはしないだろう。

きっと、親友になれる。早苗はそう確信している。

「悪いけど山田さんたちには、金欠とでも言っといて。実際お金ないしね」

ああ、お金がないなんて、そんな悲しいことを友達候補に言わせてしまった。仕事をするふりをしてこちらを窺っている山田さんが、少しばかり恨めしくなる。

話はこれでおしまいと思ったか、涼子はパソコンに向き直り、作業を再開させた。パワーポイントでなにやら円グラフのようなものを作っている。早苗がちまちまと打ち込んだデータがこうして涼子の手で加工されるのだと思うと、なんだか誇らしかった。

「あの、なにか困ったことがあったらいつでも言ってくださいね」

斜め後ろから声をかけると、涼子は驚いたように振り返る。「ああ、まだいたんだ」と戸惑った顔をしているのは、優しい言葉をかけられ慣れていないからだ。やがて形のいい目が柔らかく細められた。

「ええ、ありがとう」

涼子の微笑みは美しい。たまたま見てしまったはす向かいの男性社員が、我を忘れて見とれている。

早苗は十も年上のその男を、鋭い目で睨みつけた。

「そりゃあね、分かっちゃいたけどねぇ」

山田さんがブロッコリーを頰張りながら嘆息する。唇の端についたマヨネーズと、真っ赤な口紅のコントラストが生々しい。この人のお弁当は彩りのために、いつも茹でたブロッコリーが入っている。

呉さんはほぼ冷食の詰め合わせ。緑川さんは昨晩の残り物と言い訳しつつも、なかなか凝っている。

「それにしたって、愛想なさすぎ。あの子の歓迎会だって、本人が『行きません』って言ったのよ」

「業務外のことはしたがらないよね、イマドキの若者ってやつかしら」

「社会ナメてんのよ。宅配弁当断るにしても、私たちにひとこと謝罪があってもいいと思う。ね、そうでしょ？」

「え、ええ。ですよね」

月一の高級宅配弁当の夢が潰え、丸一日経った。ランチの時間になり、昨日の無念が湧き上がってきたのだろう。山田さんと呉さんの舌鋒《ぜっぽう》に巻き込まれ、緑川さんが肩を縮める。矛先はもちろん、ここにはいない涼子に向けられている。

これまでにも涼子のつき合いの悪さは幾度となく槍玉に挙げられてきた。いつもなら早苗は相槌を打ってただ聞いているだけだが、友達候補の危機とあっては、心穏やかでいられない。問題の解決を試みる。

「あの、男性社員の参加も募ってはいかがでしょう。賛同者が一人でもいれば注文ができるわけですし」

「ああ、ムリムリ。お小遣い制でギチギチに縛られてるあの人たちが、お昼に二千円も三千円も出せるわけないでしょ」

すかさず呉さんに却下された。食堂で食べていた加工部の社員たちが決まり悪そうに下を向く。男に生まれるのも大変だ。

「そうは言ってもあの人たちは、飲みに行ったりするじゃない。私たちは夜遅くまで家空けてられないし、仕事も家事もやってるのよ。たまの贅沢くらい、してみたかったわぁ」

山田さんは恨み節。食べ物に執着する性格だからこそ、その体型なのだろう。

困ったなぁ、と早苗は内心眉を落とす。涼子の事情を説明すれば誤解は解けるだろうが、秘密とあらば庇いだてもできない。せめて私くらいは理解者になってあげなきゃと、胸にさらなる友情が芽生えてくる。

「あっ！」

度外れた叫び声が割り込んできたのは、そのときだった。

休憩に上がってきたパートさんたちの一人が、早苗たちのテーブルを横切ろうとして足を止める。衛生帽とマスクを取った顔はまだ若い。なんとなく見覚えのある女だ。あちらもまじまじと早苗を見ている。

「もしかして、高垣さん？」

あまり口元を動かさない喋りかたと、泣きボクロ。ようやく記憶の回路が繋がり、早苗は「ああ」と頷いた。

「そう言うあなたは、野村ユカリさん？」

「なになに、知り合い？」

詮索好きの呉さんは反応が速い。憚《はばか》ることなく好奇の目を向けてくる。

「はい。小、中学校時代の同級生です」

「ああ、そうなの。奇遇ねぇ」

他人事なのに、山田さんはなぜか嬉しそうだ。「よかったら、こちらに椅子を持って来たら？」と、勝手に誘いかけている。

「あ、いえ。その私、すみません」

だがユカリは歯切れ悪く呟いて、逃げるようにパートさんたちのテーブルに行ってしまった。

「まぁ、なにあの子。陰気ねぇ」

「はい、昔からああいう子なんです」

山田さんが眉を顰《ひそ》め、早苗は笑顔でフォローした。

おそらくユカリは、気まずいのだろう。小五の春に転校してきた彼女に、心細かろうとあれこれ世話を焼いてやった早苗を裏切ったのだから。

ユカリは両親の離婚により母親の実家に越してきたばかりで、深く傷ついていた。はっきりとは言わなかったが、父親はギャンブルに狂っていたらしい。それだけならまだしも、大きくなってきたユカリをいやらしい目で見るようになり、たまらず逃げてきたのである。

たまたま似たような境遇の女の子が出てくる漫画を読んだばかりだった早苗は、そんなひどいことが現実にあるんだと驚き、ユカリに深く同情した。

五年生の終わりごろまでは、仲がよかったはずなのだ。二人で手を繋いで走り回り、好きになった男の子の名前も打ち明けてくれた。他の子が入り込む余地もないくらいの親友だった。

なのに日和見《ひよりみ》なところのあるユカリは、クラスの中心グループに誘われて手のひらを返した。放課後その女子グループに囲まれて、「ユカリちゃんはアンタなんかと遊びたくないんだってさ！」と罵声を浴びせられたことは忘れられない。

とはいえお互いもう大人だ。友達に戻れる気はしないが、何事もなかったかのように振舞うことはできる。だからあからさまに避けなくたっていいのに、それもまたユカリの弱さだ。

初めて味わった裏切りはたしかに苦かった。でも過去はもう、振り返らない。それよりもこれからの縁を大切に、前を向いて生きてゆくのだ。

三

音もなく雨が降っている。

早苗は雨の日が好きだ。一人一人が傘の中に隔離されて、いつもより他者に関心を払わない。そのくせ同じ傘に入れば一気にパーソナルスペースに飛び込めるし、誰かと雨宿りをするときの所在なさも嫌いじゃない。大事な秘密は、そういうときにそっと耳元に吹き込まれるものだ。

静かな図書館の窓越しに眺める雨も、またいい。少しひんやりしていて、安全で。ひどく閉鎖的なようにも、広く開かれているようにも思える。

絵本の読み聞かせ会は、毎週日曜の午後三時から。涼子は娘を連れて、その十分前にやって来た。

この町では車がなければどこへも行けない。駐車場から一つの傘を分け合って歩いてくる親子の様子を、早苗は雑誌閲覧席に掛けたまま眺めていた。

長靴を履いた娘が水溜まりを蹴散らして、その飛沫がかかったらしい。涼子が娘を叱っている。髪をアップにしており、痩せた首筋が疲れて見えた。

雑誌閲覧席は入り口にほど近い。早苗は手元の旅行雑誌に没頭しているふりをする。傘立ての鍵を手に自動ドアを通り抜け、涼子がはたと立ち止まった。

「あれ、高垣さん」

気づいてくれた。三十分前からそこにいた早苗はしれっとして、「また会いましたね」と顔を上げた。


「なに、旅行するの？」

娘を読み聞かせに送り出してから、涼子はベンチタイプの閲覧席の、早苗の隣に腰掛ける。他の人が座りづらいように、三人掛けの真ん中を占領していた甲斐があった。もう片方の隣には荷物を置いてある。

「いいえ。まだ有給が取れませんから」

「あ、それもそっか」

イタリア特集が組まれた旅雑誌を膝に置く。宮殿やドゥオーモのカラー写真は魅力的だが、有給休暇は入社後半年以降でなければ発生しない。

もっとも早苗にはどこか遠くへ行きたいという願望はなく、ただ二十二歳のＯＬが読んでいて自然に見えるという理由でこの雑誌を選んだだけだ。

「清宮さんは、毎週読み聞かせ会に来ているんですか？」

「うん、他に用事がなければね。これでも私、中学時代は文芸部だったんだ。今は時間がなくて、全然読めてないけれど」

「どこの中学ですか」

「南中」

「あ、じゃあカナコを知ってます？　尾渕《おぶち》カナコ」

背後で釣り雑誌を広げていた年輩の男が咳払いをする。声を抑えるために、涼子が頬を寄せてきた。くすぐったいような喜びに、頬がキュンと引き絞られる。

「オースティン好きの尾渕？　文芸部の後輩だったよ」

「すごい。私、同じ高校だったんです」

興奮のあまり声が高くなってしまった。涼子が「しーっ」と人差し指を立てる。早苗は口元を押さえて肩をすくめた。

なんて奇遇な。遠く離れているとはいえ、やっぱりカナコとは並々ならぬ縁があるのだ。涼子もまた、出会うべくして出会った人。そう、これは運命というものだ。

「忙しいみたいで最近は、あまり連絡が取れていないんですよ」

「そうなの？　この間のゴールデンウィーク、こっちに帰って来てたみたいだけど」

「えっ」

無意識に地を這うような声が出た。帰省していたなんて、聞いていない。

余計なことを言ってしまったと思ったか、涼子が慌ててつけ加える。

「ほら、あの子友達関係でずっと悩んでたでしょ。しつこいつきまといに遭っててさ。そういうのもあって、あんまり周りに知らせなかったんじゃない？」

早苗はこれでもかと目を見開いた。そんな、自分はカナコの一番の親友だと思っていたのに。

「全然気づきませんでした」

カナコもカナコである。そんなに悩んでいたなら、相談してくれたらよかったのに。こちらにまで迷惑がかかると思ったのだろうか。一人で抱え込んでしまうのはあの子の悪い癖だ。

「ありがとうございます。後で電話をしてみます」

「ああ、うん。そうしてあげて」

会話が途切れた。不特定多数の人の気配がするのに、大量の本に音を吸われてまるで異空間にいるかのようだ。

外は雨。すぐ隣には微笑む涼子。沈黙が苦手なのか、落ち着かない様子で早苗の膝に置いた雑誌を覗き込む。

「フィレンツェか。いいなぁ」

「旅行、お好きなんですか？」

「いや、海外なんか一度も行ったことないんだけどね。でも今は、近場でいいから温泉でのんびりしたいなぁ」

それだ。早苗は心の中で手を叩く。温泉宿で一泊。日常の垢を落とし、ぐっと親密になるチャンスだ。

一緒に行きませんかと誘ってみようか。でも二、三千円のお弁当代さえ渋る涼子だ。また「お金がない」と言わせる羽目になってしまう。

不自然な沈黙が生じていた。

「どうかした？」と問われ、早苗は「いいえ」と首を振る。

危ない、危ない。もう少しで失礼なことを口走ってしまうところだった。

館内を覆っていた静寂に、漣《さざなみ》が立つ。読み聞かせ会が終わったのだろう。ざわめきの中に時折奇声が交じる。

「ああ、束の間の休息だったわ」

涼子の娘が「おかあさーん！」と駆けてくる。やれやれと立ち上がる涼子を、早苗は「あの」と呼び止めた。

「来週も、いらっしゃいますか」

涼子は二、三歩進み出て、「走らないの！」と娘を注意してから振り返る。

「うーん、たぶんね」

ああ、なんて気持ちのいい笑顔だろう。早苗もまたそれを真似て、満面に笑みを広げた。

四

月曜日の全体朝礼の挨拶当番は、早苗だった。

心底くだらない習慣だと思う。だが態度に出してまた注意を受けてはつまらない。山田さんを意識してもったいぶったような動作で採集コンテナの上に立ち、ぴんと背筋を伸ばす。週はじめとあって社員の大部分の顔には覇気がない。私は山田さん、山田さんと言い聞かせ、潑剌とした声を出した。

「はい、高垣さんも慣れてきましたね。今日も一日、よろしくお願いします」

社長からお褒めの言葉をいただいて、胸を張る。誇らしげにコンテナを下りるところまで、山田さんになりきった。やればできるものだ。

少しばかり気分が高揚していたのだろう。営業部に戻る途中、早苗は前を歩いていた山田さんに自ら声をかけた。

「山田さん。どうでした、私。よくなりました?」

「え、ええ。びっくりしたわ。ものまねが得意なのね」

「はい、山田さんをお手本にしました」

どうしたことか、今朝の山田さんは落ち着きがない。いや、よそよそしいと言うべきか。営業部のフロアに入ると、そそくさと離れて行ってしまった。

早苗はキャビネットに飾られた、キク科らしき植物に目を向ける。また呉さんが持って来たのだろう。

「お、矢車菊。いい色だな」

「なに、花詳しいの?」

「死んだばあさんが好きでな。懐かしい。なんか落ち着くわ」

キャビネットにほど近いデスクの男性社員が笑い合っている。早苗はふぅんと聞き耳を立てた。

どちらも四十代。花になど見向きもしなかった小学生男子とは違い、その歳になると癒しを欲するようになるのだろうか。

好感度が上がるなら、私も花を持って来ようかな。自宅に花壇がないから、買って来なきゃいけないいけれど。男の人はうかつで無神経で好きではないが、いい子と思われていたほうが仕事がしやすい。

「早苗ちゃん、お茶お願いできる？」

営業部の朝礼は、今日も早苗に直接関係のないことばかりだった。席に着こうとして、営業統括部長に声をかけられる。迷いが胸に生じたが、「はい」と何度も鏡に向かって練習した笑顔を披露した。

目の力をほどよく抜いて、口角は上の歯が八本見えるくらい持ち上げる。涼子の笑顔である。

山田さんたちにはまた文句を言われるだろうが、この組織の中では彼女より部長のほうがはるかに偉い。学生時代も教師に反発する生徒を馬鹿だと思っていた。評価を委ねなければいけない相手に楯突くなんて、利口な人間のすることじゃない。

お茶汲みを終えて今度こそ席に戻ると、隣の涼子はすでに自分の業務に没頭していた。見てもらいたいものがあったのに、すっかりタイミングを逃してしまった。

まぁいい。昼休みに入ったら、涼子が席を離れる前に捕まえよう。二人の友情はそこから始まるのだ。

友情といえば、カナコのことも気にかかる。日曜なら話せるだろうと何度か携帯にかけてみたが、ことごとく留守電になってしまった。しまいにはアナウンスが「この電話はお繋ぎすることができません」に変わり、LINEもやはり既読がつかない。なにかあったのだろうか。もしかすると今もまだ迷惑な人につきまとわれているのかもしれない。カナコは気が弱く、嫌なことを嫌とはっきり言えないから心配だ。

親友が傍にいないのは、カナコも同じ。東京でも早苗以外に友達ができなかったようだから、きっと心細い日々を過ごしていることだろう。

仕事が終わったら、今日も電話をかけてあげなくちゃ。カナコを元気づけるために、LINEのスタンプも新しいのを買おう。涼子と友達になれば三人で遊べるのだし、未来は明るいと教えてあげたい。

早苗は涼子の横顔をそっと窺う。鼻と顎のラインが秀逸だ。こんな素敵な人ともうすぐ友達になれるなんて、嬉しくてたまらない。

早く、昼休みにならないだろうか。

受注フォームに人差し指一本で数字を打ち込む。間違いがないように、何度も何度も確認をしながら進めてゆく。

男性社員からは「普通なら一時間もあればできる」と嫌味を言われるが、早苗は丁寧な仕事を心掛けている。この調子ならどうにか午前中には終わるだろう。

あと三十分。壁掛け時計を上目遣いに見て、にんまりする。

デスクの一番上の抽斗《ひきだし》には、塩原温泉の宿泊チケットが入っていた。昨日涼子と別れた後、国道沿いのショッピングモールにある金券ショップで見つけたものだ。使用期限が一ヵ月を切っているため、格安で手に入れることができた。

涼子のささやかな願いを、叶えてやろう。喜んでくれるに違いない。

「ありがとう、高垣さん。ううん、今日から早苗ちゃんって呼んでいい？」

早苗の手を取ってはしゃぐ、涼子の笑顔を想像した。二人の仲は一気に深まることだろう。

さぁ、あと二十分。なのにそのタイミングで、営業統括部長が立ち上がる。

「悪い、清宮さん。午後イチの会議資料に抜けがあったわ。今君んとこにデータ送ったから、見やすくまとめて人数分出しといてくれる？」

唐突な依頼に涼子が驚き、顔を上げた。

「えっ、今からですか」

「本当に悪い。僕これからちょっと、出なきゃいけないから」

言うが早いか部長は鞄を持っていそいそとフロアを去ってゆく。「あ、逃げた」と呟いたのは山田さんだろうか。

「うわ、けっこうな量」

メールで送られてきたファイルを開き、涼子が顔をしかめる。「昼休み返上かぁ」と小さく溜め息をついた。

ときに部長はこういった、「せめて一時間前に言ってください」と責めたくなるような間の悪さを発揮する。椅子のキャスターを転がして、早苗は控え目に声をかけた。

「あの、大丈夫ですか。お買い物」

「ああ、うん。昨日買い溜めしといたから平気。月曜でまだよかったわ」

涼子はすでに頭を切り替えて、パソコン画面に各種データを呼び出している。大小のウインドウをいくつも開き、見ているだけで目がチカチカしそうになった。

「お手伝いしましょうか？」

「ううん、平気。ありがとう」

実際に、早苗にできることはなにもなさそうだった。己の無力が情けない。涼子が困っていれば、いつだって手を差し伸べてあげたいのに。

唯一無二の存在。それが早苗の目指すところだ。それなのに、さっそくこんな障害が立ちはだかるなんてあんまりだ。

尊い友情の始まりに水を差すなんて。部長のお茶汲みは、今後一切受けつけないことに決めた。

昼休みのチャイムが鳴っている。入力作業は終わったものの、その場を立ち去りがたく、早苗はしばらく自席でグズグズしていた。

涼子は資料作りに集中している。宿泊チケットを渡す計画は、帰り際に変更したほうがよさそうだ。

フロア内で弁当派の男性社員が包みを広げはじめ、微かに漂う揚げ物の匂いに、腹の虫が小さく鳴いた。

「あのさ、私に遠慮しなくていいから、お昼食べておいでよ」

涼子に促され、早苗は「はぁ」と歯切れの悪い返事を返す。資料ができたらコピーくらいは手伝えないかと思っていたが、まだ当分かかりそうだ。

山田さんと呉さんも席を立ち、貫禄満点に近づいてくる。ああ、もうお昼に行かなくちゃ。涼子を残して行くのは気がかりだけど、この人たちがそんなことに配慮するはずがない。

だが山田さんは、早苗が予想もしない行動に出た。

「これ、よかったら食べて」

と言って、涼子のデスクにコンビニのサンドイッチをポンと置いたのだ。

「朝ご飯に買ったんだけど、食べる暇がなかったのよね」

「はい、甘い物もどうぞ」

なんてこと。呉さんまでが情けを見せ、おやつのチョコパイを差し出している。

二人とも、涼子をよく思ってはいないはずなのに。男性社員から受ける理不尽には、女同士一致団結するものなのか。

涼子もまさか、この二人に気遣ってもらえるとは思わなかったのだろう。休まず動いていた指が止まり、ぽかんと口を開けている。だがすぐに、はにかんだような笑顔を見せた。

「ありがとうございます。助かります」

「困ったときはお互い様。じゃ、高垣さん、先に行くわね」

驚きのあまり、早苗はなにも言えなかった。食堂へと向かう二人の後ろ姿を、ただ呆然と見送った。

「よかったぁ。正直腹ペコだったんだよね」

涼子は嬉しそうだ。一段落してから食べるつもりなのだろう。サンドイッチとチョコパイを脇に寄せ、再び液晶画面に向き直った。

ずるい。思わず叫びそうになった。

まったく同じことをしても、元から印象のいい人と悪い人では、後者のほうがよく見えるに決まっている。この出来事をきっかけに、涼子はあの二人への認識を改めることだろう。下手をすると、親しくなってしまうかもしれない。

それはまずい。女は三人以上集まると、必ずそのうちの一人を疎外しようとする。それは特定の一人ではなく、たまたまその場にいない一人なのだ。

「あの子のああいうところムカつくよね」と、そう思っているなら本人に言って話し合えばいいものを、なんの解決にもならない陰口を垂れ流す。

早苗にはそれが理解できない。彼女たちの友情が偽りにしか思えない。だったら偽りの入り込まない二人がいい。二人っきりでなければいけない。

「これも食べて！」

早苗は足元に突っ込んであった通勤バッグから、お弁当の包みを取り出した。

残り物や個包装のお菓子一つどころじゃない。私なんか、自分のお昼ご飯を丸ごと差し出せちゃうくらい、あなたを思っているんだから！

だが涼子に早苗の真心は伝わらなかった。なにか不可解な物でも見るように眉を寄せ、首を振った。

「え、いいよ。高垣さんのでしょ」

山田さんや呉さんからの差し入れは受け取るのに、どうして？

突き上げるような動悸を感じ、早苗は制服の胸元を握りしめた。

「騙されないで！」

唐突な叫び声に、フロアに残っていた社員が一斉にこちらを振り返った。でも早苗はそんなことには気づかない。

「あの二人、いつも清宮さんの悪口ばかり言っているのよ。可愛げがないとか、社会ナメてるとか、ちょっと美人だからっていい気になってるとか」

ちゃんと教えてあげなくちゃ。あの二人が決して信頼に足る人物ではないということを。少しくらい善行を積んだところで、悪人は悪人だ。蜘蛛の糸を垂らしてやる必要はどこにもない。

涼子の作業はまたもや中断された。椅子ごとこちらに向き直り、ぼそりと呟く。

「――信じられない」

でしょ、そうでしょう？　あの人たちはただの卑怯者。あなたの味方は私しかいないのよ！

「なんでわざわざそんなことを、私に言ってくるの？」

早苗は「えっ？」と目を見開いた。なんだ、この文脈は。もしかして私が責められているの？

「陰でなにか言われてることくらい、分かってるよ。実際、私も悪いしさ。でも女同士ってそういうものでしょう。揉め事を起こすよりは裏でこっそりガス抜きして、上手くやってくんでしょう。なんで暗黙のルールを破るわけ？」

ルール？　知らない、そんなもの。誰も教えてくれなかった。早苗はただ友達に対して誠実でありたくて、相手にもそれを求めているだけだ。

正しいでしょう？　ねぇ、そんなよく分からないルールより、私のほうが正しいでしょう？

涼子は誤解している。分かってもらわなくちゃ。

「違うの！」

早苗は立ち上がり、フロア中の注目を浴びながらデスクの一番上の抽斗を掻き回す。震える手で目当てのものを摑み、差し出した。

「本当は、あなたと友達になりたいの。これ、一緒に行きませんか？」

封筒に入っていたチケットを取り出す。友好のしるしに前歯が八本見えるよう、口角をにっと引き上げた。

「ペア宿泊券？」

涼子がチケットに印字された文字を読み上げる。それでも訝しげな顔つきは変わらない。

早苗は焦った。

「お金はいらないから！　本当にもう、全然いらないの。車も私が出すわ。清宮さんは身一つで来てくれたら——」

「え、なに言ってんの？」

ひときわ大きく心臓が跳ねた。涼子が軽蔑の眼差しを向けてくる。

「子供いるの、知ってるよね？　四歳の子一人置いて行けるわけないでしょ」

抑えられてはいるが、はっきりとした拒絶を感じさせる声だった。

なぜ。どうして。意味が分からない。いくつものクエスチョンマークが早苗の頭を占拠する。

「だだだ、だって、温泉でのんびりしたいって」

「言ったけど、そういうことじゃないよね」

「じゃあどういうことなのよ！」

声を限りに叫んでいた。

温泉に行きたいというのは涼子の本音だったはずだ。どうしてそれを覆すようなことを言い出すのか、教えてほしい。

だが涼子から返ってきたのは、呆れたような、長い長いため息だった。それ以上説明する気はないようで、早苗から目を逸らしてしまう。

「悪いけど、他の人を誘って。それから私、これ急ぐから」

ちっとも悪びれない口調でそう言って、仕事に戻ってしまった。感情の読めないその横顔を見下ろして、早苗はしばらく立ち尽くしていた。

五

足元がふわふわする。すべての音が遠くて現実感があまりないのは、これが夢の中だからだろうか。

変なの。夢なのに私は律儀に会社に来ていて、お弁当の包みを手に廊下を歩いている。どうやら食堂に向かっているようだ。開け放した戸口に立って、中を見回す。

テーブルは六台出ていて、そのうち三つをパートさんが、二つを加工部の男性社員が使っている。そして山田さん、呉さん、緑川さんは、一番手前のテーブルに陣取っていた。

三人で顔を寄せ、不快げに口元を歪めているわりに楽しそうなのは、どうせまた誰かの悪口を言っているのだろう。

それが暗黙のルールだと言ったのは、誰だっけ。でも嫌だ。私はやっぱり聞きたくない。

そう思うからだろうか。声が届かない距離ではないのに、なにも聞こえてはこなかった。

やがて呉さんがこちらに気づき、山田さんの肩をつつく。

なんだ、見えているんだ。もしかしたら私は透明人間という設定かもしれないと思いはじめていたのに。

山田さんたちはなぜかひどく狼狽《うろた》えている。早苗が首を傾げると、あからさまにホッとして、手招きをした。

「遅かったのね。先に始めちゃってるわよ」

早苗はハッと夢から覚める。いや、はじめから現実だったのだ。いけない、いけない。ぼんやりしていた。慌てて人好きしそうな笑みを浮かべる。前歯が八本見えるように、これは誰の笑いかただっけ。

「すみません、お待たせしました」と席につく。どことなく食堂全体の空気がぎこちない。なにかあったのだろうか。

理由を探る前に、山田さんが話を振ってきた。

「清宮さん、どうだった。終わりそう？」

清宮さん。清宮涼子。早苗をシャットアウトした横顔が思い浮かぶ。

とんだ見込み違いだった。友達になれると思ったのに、けっきょくあの女も人の好意を素直に喜べない、歪みきった人間だった。自分の理屈だけでものを言い、他人を傷つけてもなんとも思わない輩である。

むしろ山田さんたちとお似合いだ。悪人は悪人同士、仲良くすればいい。どうせならその橋渡しをしておいてあげよう。

早苗はにっこり微笑んだ。

「大丈夫ですよ。清宮さん、男の人を誘惑するのが上手ですから。ちゃっかり手伝ってもらうんじゃないでしょうか」

「え？」

呉さんが嫌そうな顔でこちらを見る。いい反応だ。

「ご存じでした？　清宮さんって、実はシングルマザーなんですよ。四歳の娘さんがいるんです。でも父親が誰かは分からないんですって。おつき合いしていた人が複数いて、そのうちの一人は奥さんにばれて訴訟沙汰になったらしいです。そのせいで清宮さん、実家からも絶縁されちゃって、孤立無援なんですよ。だから仲良くしてあげてくださいね」

まるで書かれた原稿を読み上げるかのように、口から淀みなく言葉が出てくる。聞かされている三人の顔が、どんどん険しくなってゆく。

「大変なんでしょうね、独りぼっちで子供を育てるのって。私、たまたま市立図書館で見たんです。その日はちょうど雨が降ってて、清宮さん、子供を水溜まりに突き飛ばしていました。可哀想だから私、友達になってあげようとしたんですけど、なんだか八つ当たりされちゃって――」

食堂に、椅子の引っくり返る音が響いた。目を転じてみるとパートさんの一人が立ち上がり、両手をテーブルに突っ張っている。

「いい加減にしなよ！」

声を裏返して叫んだその人は、ユカリだった。凄まじい形相で早苗を睨みつけてくる。

「まだそんなことしてるの？　孤立してる子を見ると近づいてって取り込もうとして、上手くいかなくなるとあることないこと言いふらすんだよね。言っとくけど私、父親にレイプされてなんかいないから！」

髪を振り乱し、正気を失っている様子である。早苗は可哀想にと眉を寄せた。今もまだ父親に乱暴された過去を受け入れられず、精神に不調をきたしているのだろう。

「え、やだ、なに。なんなの」

緑川さんが怯えている。他の人たちも突然の事態にどう対処していいか分からないようだ。呆然と、ユカリと早苗を見比べている。

「ちょっと、聞いてんの？　家に鬼電されたり、他の子とちょっと喋っただけで『死ぬ』とか言われたり、あんたといるの本当に苦痛だった。その度にあんたのお母さん、『これからも早苗をよろしく』ってお金渡そうとしてくるしさ。小学生に一万円だよ。変でしょ。そこにいるおばさんたちも、あんまり関わりたくないって言ってたよ。聞いてたでしょ。ねぇ、なに知らんぷりしてんだよ！」

こちらに詰め寄ろうとしたユカリの腕を、パート仲間の女性が慌てて摑んだ。まだなにか叫んでいるが、どうせ聞くに値しないことである。

それより、なんだっけ。おばさんたちがなにを言っていたって？

ああ、さっきの夢の話か。

聞こえなかったはずの山田さんたちの声が、頭の内側で再生される。

「——気味が悪いのよね、あの子。なんだかインプットされたプログラムに従って動いてるみたいな」

「ああ、今朝の朝礼でしょ。歩き方も間の取り方も表情も、山田さん？　って感じだった」

「そうよね、私の気のせいじゃないわよね。変な子だとは思ってたけど、さすがにゾッとしちゃって」

「高垣ロイド」

「なにそれ？」

「加工部の人たちが噂してたの。受け答えが機械的で、アンドロイドみたいって」

「分かるかも。なに聞いても『はい、〇〇です』って答えるのよね、あの子」

「あと、私服が妙におばさんくさい。膝下ストッキングって、スカートのときに履く？　あれって彼氏いるのかね」

「いるわけないでしょ。あんまり関わりたくない人よね。ねぇ、緑川さんはどう思う？」

「あ、私は仕事さえちゃんとしてくれれば、それでいいんですけど」

「そうよね、まったく使えないものねぇ。緑川さんと清宮さんにはとばっちり――」

「ちょっと、山田さん！」

呉さんの焦ったような声で再生が途切れた。なんだろう、この記憶。知らない、私は聞いていない。

早苗はお弁当の包みを解いて、蓋を開けた。好物のアスパラベーコンが入っていて、嬉しくなる。スティックに刺さっているのを一つつまんで口に入れた。

山田さんたちは箸を持った手を止めて、そんな早苗を見守っている。

「どうしました。食べないんですか？」

「あ、あの、私ちょっと、食欲が――」

そう言って立ち上がったのは緑川さんだ。弁当箱の蓋を閉め、包みや箸箱ごと胸に抱えて逃げ去ってゆく。お腹でも痛いのだろうか。

残された山田さんと呉さんも、お通夜のように押し黙って続きを食べはじめた。なんだろう、奇妙な人たちだ。

それにしても、アスパラベーコンはやはり美味しい。アスパラの青臭さがベーコンの脂に包まれてまろやかになる。

ありがとう、お母さん。そうだ、温泉のペア宿泊券は、両親にプレゼントしよう。

お父さんは泣いて喜んじゃうかも。お母さんは「女の子一人でお留守番大丈夫？」と心配しそう。なんのためにセコムに入っているんだか。二人とも、少しは子離れしたほうがいいよね、ホント。

なんだか外野がうるさいな。泣きじゃくっているパートさんが、数人の仲間に囲まれて食堂を出て行った。

どうしたんだろう、喧嘩かな。パートさんはほぼ女性だから、関係が難しいのかもしれない。

女の人って、陰では人の悪口ばかり。私はそういうの、ついていけない。親友は東京にいるカナコだけだ。

そうだ、次の土日はカナコに会いに東京に行こう。たしか、会社にストーカーがいるんだっけ。つきまとわれていると誰かに聞いた。

カナコは嫌なことを嫌と言えないから心配だ。私が守ってあげなくちゃ。

卵の殻

千早茜

最初、わたしたちは四人だった。

わたしと環《たまき》と麻美《あさみ》と恵奈《えな》の四人。わたしたちは太っても痩せてもなく、目立って愚図でも飛びぬけて優秀でもない普通の女の子で、大学までエスカレーター式の私立の中等部で出会った。

真新しい制服を着た四十人近い女の子たちを、わたしは見るともなく見つめていた。春の教室は新入生たちのまとまりのない空気で揺れていた。やたらに笑顔をふりまいて友達をつくろうと必死になっている子や体育が苦手そうな妙におどおどしている子、持ち物や髪型が大人っぽくて澄ましている子。そんな中、一人の女の子が目に入った。彼女はことさら自己主張することなく、話しかけられれば深入りしない程度ににこやかに応じて、じっとまわりの子たちを観察していた。

よくわかる。だって最初が肝心。背伸びをしてレベルの高い子と仲良くなったら後々しんどいし、だからといって地味な子とつるんだら派手な子たちのいじめの標的にされる恐れがある。とはいえ、ほどほどのところで誰かを選ばなくては、あぶれて一人ぼっちになってしまう。一人ぼっちは吐き気がするほど怖い。緊張と焦りを気取られないように、そっと深呼吸をする彼女は、鏡に映った自分みたいだった。

目が合った。同じ制服、同じ紺色のリボンタイ、新品の上履き、背格好も同じくらいで、白いソックスとスカート丈のバランスもよく似ていた。わたしより少し長めの髪は耳の下で柔らかそうにうねっていた。可愛いくせ毛だな、と思った。笑いかけると、彼女も笑ってくれた。それから、小走りでこっちにやってきた。合格。きっと互いにそう思ったはず。

くせ毛のその子は恵奈といった。環と麻美の二人と一緒になって、わたしたちは四人のグループになった。わたしたちは部活動で汗を流すことにも、生徒会に入ったり学級委員になって内申をあげたりすることにも興味がなかった。わたしたちが好きだったことはお喋りと雑誌や漫画のまわし読みだった。

中等部の校舎の裏にはフェンスを隔てて空き家があった。「売り物件」の立て看板は倒れ、伸びた庭木と雑草に覆われ、屋根まで蔦が這った洋風の家だった。殺人事件があったらしい、と生徒たちの噂の的だったけれど、環と麻美が探検に行って温室を見つけてからは、わたしたちは放課後になると忍び笑いを交わし合いながらフェンスの破れ目をくぐるようになった。枯れた茶色い花々が垂れ下がる崩れかけた温室を、わたしたちは「秘密の館」と呼んだ。温室の中にはプランターや植木鉢が転がり、中央にはペンキのはげたベンチとテーブルがあって、わたしたちはそこでお菓子を食べながら日が暮れるまでお喋りをした。あちこち割れたガラスは西日をきらきらと反射して、温室とわたしたちの横顔をオレンジに染めた。みんなでいれば怖くはなかった。

わたしは一人っ子だった。母は専業主婦で、自分のことを「ママ」と呼ばせて、わたしのことはなんでも知りたがった。休日になるとママはわたしを連れて街へ出て、ひらひらと服を試着し、店員さんと談笑して、女性ばかりの店で甘いものを食べた。そして、頬杖をついてうっとりとした声で言った。

「遼子《りょうこ》ちゃんが大きくなって良かった。こういうの夢だったの。わたしたち、女友達みたいな親子でいましょうね」

わたしはパフェから飛びでた大きなフルーツと格闘するふりをして返事をしなかった。わたしはもう知っていた。ママがちょっと過保護すぎることも、その言葉が「隠しごとはしないでね」という意味だということも。

冗談じゃない。

ママとは友達にはなれない。

ママはわたしが初潮をむかえた時、やめてって言ったのにケーキを買いに近所のケーキ屋さんに走った。ろうそくに火を点けてパパと二人で笑っていた。ケーキ屋のおばちゃんにも話したに違いない。恥ずかしくて、もうそのケーキ屋には行けなくなった。

秘密を守れないのは友達ではない。そんな人と、隠しごとをしない約束なんてできるわけがない。ママはわたしを自分のものにしておきたいだけだ。

次の日、温室で泣くわたしの手を、恵奈は黙って握っていてくれた。

高校生になって、わたしたちには彼氏ができた。でも、ママには話さなかった。大学生と付き合っていた環はわたしたちの中では一番可愛くてませていて、初体験の様子を事細かに報告してくれた。わたしたちもデートで手を繋いだり、キスをしたりするたび報告した。

わたしたちはなんでも話した。それぞれの彼氏のセックス時の癖からペニスの形状まで知っていた。そして、デート中に偶然どこかで会ってしまうことがあると目配せして笑った。わたしたちはまるで自分たちの身体が四つあるように恋愛を愉しんだ。

大学に入ると、少し様子が変わった。一番大人しかった麻美が彼氏と同棲をはじめてバイトに明け暮れるようになった。環は演劇サークルに入って稽古や公演で忙しくなった。わたしと恵奈が一年間の語学留学から帰ってくると、ひとつ学年が上になってしまった二人の雰囲気が変わっていた。スタイルが良くなった環は派手な服装になっていて、麻美は古着屋の店員みたいな恰好をしていた。わたしは恵奈と二人でいることが多くなった。それでも、集まればわたしたちは際限なくお喋りをした。

卒業、就職を経て、わたしたちは同じ都会でばらばらになった。今はＳＮＳで話す。

たまに二人になったり三人になったりしながらも、わたしたちは友への報告を欠かさない。仕事の愚痴、職場の人間関係、恋人との喧嘩、気になっている服や靴、記念日にしてもらったこと、最近の流行り、行きたい飲食店。思いついたままに言葉や活字にする。それはもう、息をするように自然なこと。

デザイナーとの打ち合わせを終えると、もう夜の八時をまわっていた。週半ばの水曜。オフィスには戻らずに家に帰ることにした。九時までに湯船に浸かれる日はそうそうない。

地下鉄に揺られながら恵奈にラインを送る。

――もうすぐ家。こないだ買ったマッサージオイル使ってみるー。

すぐに既読がつき、しょんぼりした猫のスタンプが現れる。

――いいなー、残業中。エアコンで乾いてきた……加湿器くらいおいて欲しい。

――化粧品会社なのに加湿器ないの!?

――うちケチだから。

――インフルエンザ対策ってことでお願いしたら。

――もうすぐ時期終わるよ。

涙を流す白熊のスタンプ。一瞬、手が止まる。恵奈は猫好きなのに、あいつの影響か。

春になったら温泉行こうよ、と話題を変える。いいねー冬の枯れ肌を整えたい、と素早く返ってくる。どこにする？　箱根？　熱海？　それとも東北？　と画面にぽんぽん文字が浮かんでは流れていく。

すぐに駅に着いた。地下鉄の階段を上ると、乾燥した冷たい空気が吹きつけてきた。コンビニでサラダとヨーグルトを買って、マンションへの道をゆっくりと歩く。住宅街を抜けると、石鹼と湯の匂いがした。ふっと実家を思いだす。

玄関の照明を点けた瞬間、靴箱の上に置いた携帯が振動した。画面を確認してでる。街の雑踏と混じった博之の声が聞こえてくる。騒がしい場所に引き戻されるような気がして、つい耳を少し離してしまう。

「ちょっと近くにいるんだけど、夕飯まだだったらどう？」

「んー、いま帰ってきたとこなんだよね」

「ええ！」と悲痛な声がして、沈黙が流れる。たまにはいいところを見せようと思って、もう店まで考えていたのだろう。

少し悩んで、一人きりの自由な夜を手放すことに決める。聞こえないように小さくため息を吐き、「じゃあ、うちおいでよ」とさっぱりした感じで言う。

「でも、飯が……」

博之は臨機応変に動けないところがある。

「適当なものでよければなんか作っとくし」

そう優しい声で言うと、博之は「わかった。じゃあ、待ってて」と嬉しそうに電話を切った。

数秒、頭をめぐらせる。休日に受け取って廊下に放置したままの段ボール箱から、鯖の水煮缶とトマト缶を取りだす。急いで居間に入り、コートを脱いで、キッチンコーナーへ行く。米をといで炊飯器にセットする。冷蔵庫の中のしなびかけた玉ねぎを薄く切って鍋で炒め、トマト缶とだし汁を入れる。そこに使いかけのカレールーともらいもののチャイ用スパイスを投入して醤油とケチャップで味を調え、黒胡椒を挽いて煮つめる。鯖は崩れるので煮つまってから入れる。コンビニで買ったサラダは皿に盛る。

くつくつと平和な音をたてる鍋の横で、流しにもたれながら恵奈と温泉計画の続きを練った。途中から恵奈の恋愛相談になる。彼と旅行とかしたいけどやっぱり難しいかな、と悩んでいる。慣れてそうだし大丈夫じゃない、と打ちたいところを我慢して、したいことが自由にできないのは辛いね、と共感の姿勢を保つ。

白米の炊ける匂いが漂いだした頃、チャイムが鳴った。ごめん博之きちゃった、と送りかけて消去する。一人でいる恵奈が寂しい気持ちになってしまう。

ドアを開けると、鼻をひくつかせた博之が満面の笑みで「カレーだ！」と言った。

「レトルト？」

「ううん、いま作った」

「嘘、こんな短時間で？」

「短時間でできるカレーだから。カレー好きでしょ？」

「すげえ好き」と笑う。素直に可愛いなと思う。歳が同じだと喧嘩も多いけれど、楽で居心地の良い関係を築きやすいと思う。恵奈は弟がいるせいか年上の男性に惹かれやすく、今も不倫の貧乏くじをひいてしまっている。

「小包？」

博之がネクタイをゆるめながら床の段ボールに目を落とす。

「うん、母から」

つい、ため息がもれてしまう。両親は父の退職を機に、母の実家の和歌山に居を移した。わたしがあまり実家に帰らないせいか、母はしょっちゅう小包を送ってくる。

「見てよこれ、要らないものばっかり。ラップとか食器用洗剤とか、近所のコンビニでも買えるものをわざわざ送ってくる意味がわからない。わたし、こんな健康サンダルとか履かないし」

ピンクのイボがたくさんついたサンダルを見せると、博之はぷっと吹きだした。

「あ、でも、俺これ好き」と菓子箱を手に取る。勝手に包装紙を破き、花柄の紙箱をあける。銀色のレトロな紙に包まれた四角い菓子が、石鹸のようにきっちりと箱に収まっている。

「ほら、やっぱり。デラックスケーキ」

「え、甘くない？」

「まあ甘いけど」と、菓子箱を持ったまま博之が立ちあがる。慣れた足取りで居間に向かう背中に呟いてしまう。

「ずれてんのよね」

「ずれる？」

「母はね、昔からわたしのことなんて見ていない。自分の思い描いた理想の娘の幻想を見ているの。だから、わたしが欲しいものと、母がしてあげたいことが昔から微妙にずれるの。そのデラックスケーキもね、可愛いでしょって毎回送ってくる。でも、わたし、可愛いものも甘いものも昔からそんなに好きじゃないんだよね」

「そうなんだ」

「なのに母はわたしのことを自分が一番わかってると思ってるの。自分がすることはぜんぶわたしのためになることだって信じて疑わない。そういうのちょっとしんどくて」

けっこう真剣に話したのに、博之は困ったように笑った。

「ふうん。なんかよくわかんないけど、親心ってやつなんじゃないの」

張り合いのない答え。恵奈はわかるわかると共感してくれたのに。「親って小さい頃のまま記憶が止まっているよね。うちも恵奈が好きなものだよって月餅や芋羊羹を持ってきて困る」「恵奈そんなの好きだったっけ?」「一度も好きなんて言った覚えないよ!もうね記憶すら間違っているんだよ」そんな会話が蘇り、萎えかけた気分が和らぐ。

まあ、博之は親の建設会社で働いているような坊ちゃんだから仕方ないか、と諦める。

「ご飯もうすぐ炊けるけど、先にシャワーあびる?」

「いや、食う。もう腹ペコで」と、博之はコンビニのビニール袋から缶ビールを取りだして食卓につく。背広とネクタイを預かる。きっと結婚してもこんな感じなんだろう。

「あ、これ遼子に」

デパートの紙袋を渡される。真っ赤な大粒の苺がきれいに箱に並んでいる。夜にケーキなんて買ってこないところが気が利いている。博之は去年、一級建築士の資格を取った。仕事も順調なようだしそろそろなんだろうな、と思いながら「果物、嬉しい」と喜んでみせる。後はうまく結婚の流れに持っていくだけだ。焦りは禁物。

「そのデパート、遼子のブランドが入ってた」と、渡したグラスに缶ビールを注ぎながら博之が言う。わたしが企画しているブランドということだろうか。うちのアパレル会社は大きいので、このデパートだったら女性服は三ブランド、カジュアルメンズフロアにも一店舗入っているが深く追及しないでおく。

「恵奈の化粧品会社も入っているよ」と、恵奈にメッセージを返しながら答える。化粧品と服という違いはあれ、わたしたちは偶然にも同じ企画職に就いたので仕事の話も合う。

「中学から一緒の子だっけ？」

「そう、あと環と麻美も」

博之は泡だつグラスを一気に空にすると、満足げに息を吐いた。デラックスケーキの銀紙をむいてぱくりと頬張る。うえっとなる。カステラにジャムを挟んでホワイトチョコでコーティングした菓子だ。どう考えてもビールには合わない気がするが、甘党の博之は目を細め、「仲いいよなあ」なんて言いながら咀嚼している。

一人分のランチョンマットを敷いて、サラダとカトラリーをだす。

「そうだね、なんでも知ってるよ」

「なんでも？　俺のことも話しているの？」

「もちろん。女同士って秘密がないから」

「ちょっと怖いな、それ」と、博之が目をそらして笑う。

「どうして」

「だって、敵にまわしたら終わりってことじゃない」

炊きあがりを知らせる電子音が鳴った。聴いたことはあるけれど題名を思いだせない音楽は長々と間抜けに響いて、訊き返すタイミングを失う。

楕円の皿に湯気のたつご飯をよそい赤茶色のカレーをたっぷりとかけてランチョンマットの上に置くと、博之はさっきまでしていた会話などすっかり忘れたように食べはじめた。食べ物への態度ってセックスの時のそれとかぶるなあ、と思いながらがっつく様を見つめる。どうしたらこんな風に欲に対してまっすぐになれるのだろうか。見られていることを意識せずに。無防備だな、と思う。

「うまい！　これ本当にいま作ったの？　肉、めっちゃ柔らかいんだけど」

「それ、魚。もう三十過ぎたんだし健康に気をつけないと」

「魚だから、なんか優しい味なのか」

「だしもねカツオだしなの、胃もたれしないと思うよ」

だしパックでとったものだけど。魚と肉の区別すらつかないところはげんなりするが、それくらい食に疎い方が結婚するのには楽な気もする。

「あれっ遼子は食べないの」とやっと気付く。「実は食べてきちゃったんだ」と嘘をつく。こんな時間に炭水化物なんかとれるわけがない。「なんか悪かったな、作らせちゃって」と言いながら博之の食べる勢いは落ちない。

流しへ行って、自分のためにカモミールティーを淹れる。かすかに酸味のある青くさい香りを味わっていると、キッチンカウンターの向こうから博之の声がした。

「遼子ってサバサバして仕事もできるのに、料理上手で優しくていいよなあ」

思わず笑ってしまった。笑い声が聞こえたのか、「え」と首を傾げられる。

「あのね、仕事ができる女はたいてい料理もうまいの。どっちも手際が大事なんだから。それにね」

マグカップを持ったままテーブルに戻り、席につく。

「サバサバした女なんていないよ」

「なんか怖いなー」と、博之がスタンプのようなおざなりな笑顔で言う。口の中の米粒が見えた。

またそれか。男は女のこととなると怖がってばかりだ。これだから、本当のことは男には話せない。「怖くないって」と、仕事用の笑顔を貼りつける。ああ、面倒くさい。わたしが素の顔を見せられるのは恵奈たちの前だけだ。

携帯を確認する。恵奈に送ったメッセージが既読にならない。まさか、あいつに会いにいったのだろうか。恵奈が送ってきた白熊のスタンプが気になる。

落ち着かなくて、博之の食べかけのデラックスケーキを手に取ってしまう。菓子箱には薔薇が薄い色彩で描かれている。母もこういう模様のエプロンをしていたなと思いながら、ひとくちかじる。しっとりとした食感。まとわりつくような甘さ。母の甘ったるい喋り方を思いだす。

「うまくない？」

「うん、まあ」と、歯についたホワイトチョコを舐め取る。空腹時の糖分は身体を重くさせる。どろりとした眠気が絡みついてきて、頬杖をついた。

おいしくなくはないけれど、やっぱりわたしには甘すぎる。


二ヶ月前のことだ。

年末にあった、恵奈の会社の新製品イベントでその男に会った。

「えっちゃん」と男は呼んだ。

親戚の子どもをお菓子で手懐《てなず》けようとするような甘ったるい声だった。

「なに飲む？　あったかいもの作ってもらおうか」

薄暗い店内で男は肩を寄せるようにしてささやき、恵奈が背中の後ろに置いたバッグをそっと取って、店員に荷物入れのかごを持ってこさせた。

「立ちっぱなしで疲れたでしょう。のびのび座りなよ」と微笑む。こざっぱりとした服装で若作りしているが、肌の質感は五十手前といったところだろう。加齢臭を隠している気取ったフレグランスが鼻についた。

気持ち悪い、と思った。男よりずいぶん年下とはいえ、恵奈はもうすぐ三十一になる、都会的で洗練された女性だ。学歴もキャリアもある。そして、恵奈は男性の前で椅子に深々と腰をかけたりなんかしない。いつも背筋を伸ばして浅くかける。そんな猫の子を撫でまわすような扱いをしないで欲しい。

「西村さん」と恵奈はわたしに男を紹介した。イベント会場でもうすぐ終わるからちょっとだけ飲もうと誘われて、指定されたバーラウンジで待っていたら、恵奈はその「西村さん」とやってきた。仕事がらみで知り合った広告代理店の人だと聞いていたので、会場で会うことになるとは思っていたが、一緒に飲むことになったのは想定外だった。

男は悪びれもせず左手の薬指に指輪をしていた。どういうつもりだろう、とわたしがちらりと見ると、ゆったりと笑ってメニューを差しだしてきた。「恵奈と同じものでお願いします」と言うと、男はミモザを頼んだ。

舌の上で優しくはじける泡を味わいながら男を観察した。白熊みたいな人なの、と恵奈は言っていた。確かに、色白で肩幅が広く、鷹揚な雰囲気は大きな動物を思わせた。鼻が高く、少し異国めいた顔立ちのせいか、表情を読みにくかった。恵奈がわたしに二人の関係を話していることを知っているのだろうか。

男がわたしを見て、にっこりと笑った。

「いつもお話をうかがっています。中学からの親友なんですよね」

恵奈が嬉しそうにわたしたちを見ている。なかなか外で会えないのかもしれない。ふと、利用されているのかなと思った。

「そうですね」と、必要最低限の返事だけした。お代わりを聞かれて断った。口当たりの好い酒は思いのほか酔いを運んできた。ゆるんだ視界で男と恵奈が談笑している。

あんたになにがわかる。妻がいるくせに年下の女に甘ったるい声をだす気持ちの悪い男。恵奈はあんたの前では我慢ばかりしている。嫌われたくなくて我が儘も言えないのに。恵奈はあんたに本心なんて絶対に見せない。

男はわたしに名刺をくれた。うちの会社も付き合いのある有名な広告代理店だった。恵奈を信用しているのか、なにも考えていないのか、よくわからなかった。

「大人で、まったく怒らない人なの」と恵奈はよく言っていた。男は確かにずっと口元に微笑を浮かべていた。不遜な顔だと思った。


ようやく予約が取れたフレンチレストランは思ったより静かだった。

耳を澄まさなければ気付かないほどひそやかにクラシック音楽が流れている。まわりのテーブルの声や皿とカトラリーの擦れる音が、高い天井で反響して散らばっていく。

もうすぐ春だというのに、ほんの少し肌寒い。

「ごめーん」と高い声が響いて、こつこつとピンヒールを鳴らしながら環がやってきた。白いパンツの上に薄ピンクのオフショルダーニットを着ている。わたしと恵奈は「やっぱり」と笑う。

「え、なにー」

「環は絶対にオフショル着てきそうって話していたから」

「だって流行りじゃない」と、紅い唇を尖らせながら店員からおしぼりを受け取る。昔から流行を一番早く取り入れるのは環だった。

「遼子こそ相変わらずの仕事ができるオーラ満載のモノトーンコーデじゃない」

「遼子はきりっとした服が似合うからね」と恵奈が言う。「髪もまっすぐだし」

ふわっとしつつ知的な恵奈はブルーの配色が多い。環に言わせると、男受けがいいお姉さんっぽい服装らしい。

「二人はどっか行っていたの？」

「うん、ネイルサロン」

「と、ちょっと買い物」

わたしと恵奈は服の趣味が合うので、一緒に買い物に行く。使っているネイルサロンもヘアサロンも同じだ。月に一回エステに行き、年に二回ほど旅行や温泉に行く。同じくらいの収入だからできるのだろう。

環が飲み物を頼む間、わたしと恵奈は上司の愚痴の続きを話した。わたしの会社も恵奈の会社も、販売員も含めて女性が圧倒的に多いのに、役員以上は男性ばかりという古い体制だ。上に行けば行くほど鬱憤が溜まる機会は増える。

「男と働くのってほんと面倒くさい。いちいち自分を大きく見せようとしてこない？」

「あーわかる。ちょっとでも付加価値つけようとして自分語りとかしてくるよね。そんなことどうでもいいからさっさと用件だけ済ませて欲しい。なんだかんだ合理的じゃないのは男の方だと思う」

「ほんと、感情論優先するし。でも、自分語りにすごいですねって言ってあげないと後でもっと面倒だしね」

「男のプライドね、そんな意味わからないもの職場に持ち込まないで欲しいわ。家で誇示してればいいのに」

働く上で休日のメンテナンスは必要不可欠だ。エステやネイルサロンや買い物で身体のメンテナンスをして、女友達とのお喋りで心のメンテナンスをする。

環がまわりを見まわしていた。会社の話をやめる。環は大学のときは演劇サークルで役者をやっていたけれど、突然アナウンサーを目指すと言って小さなテレビ局に就職した。けれど、すぐに辞めてしまい、今は芸能事務所に登録してタレントのようなことをしている。

「ここってテラス席ないんだね」

「まだ寒いでしょう」と恵奈が言う。

「麻美は？」

「今日は無理みたいよ」と答えると、「アミューズのウフブルイエでございます」と卵が殻のまま立った状態ででてきた。殻の天辺《てっぺん》が切り取られていて、ウニが盛られている。環がすかさず写真を撮る。

中はとろりと濃厚なスクランブルエッグのようなものだった。わたしたちはしばし無言で小さなスプーンで殻の中身をすくった。真っ白な卵の殻は透けそうに薄くて、気を抜くとスプーンの先で割ってしまいそうだった。

「美味しいけれど緊張するね」と、食べ終えた環が息を吐いた。

「こんな薄い殻で守れるのかな」

ぼそりともれた言葉は「あ、パンにつければ良かった」という恵奈の残念そうな声にかき消された。

「でも、まだパンきてないし」

環がまた店内を見まわす。誰かが自分を見ていないか探るように。

卵の殻が運ばれていく時、名残惜しい気持ちがわき起こった。衝動的に、ぐしゃりと手のひらで握り潰してみたくなった。もちろん、しないし、言わないけれど。

「なんで麻美こないのかな」と、環が話題を戻す。麻美は銀行に就職したが、すぐに結婚して辞めた。三年前に子どもができて、夜はほとんど遊びにでなくなった。

「麻美がお迎えあるっていうからランチ会にしているのにねえ」

駄目だよ、と思う。いない人を否定したら女の友情はひびが入りだす。さっきの薄い殻のように。ただでさえ、麻美はここのところ集まってもあまり会話に参加せず黙って笑っているばかりなのに。

「環はあんまり連絡取ってないの、最近？」と、恵奈が炭酸水の入ったワイングラスに手を伸ばす。

「みんなの共有ラインくらいかな。ママ友とかとの方が話も合うみたいだし」

否定も肯定もない緩慢な空気が流れる。前菜らしきものが皿に置かれた。

「イカのバジル和えと、ホタテと赤貝のサラダ仕立てでございます。ソースはパッションフルーツのピュレを使っております」

機械的な説明を聞いて、ナイフとフォークを手に取る。食欲はあまりなかったけれど、ここに座っている以上、目の前にだされたものは食べるのがルール。都会で生きているとルールはたくさんある。そして、恥をかかないために、道を踏み外さないために、同じルールの元にいる人を選んで付き合う。

「下マツゲとはどう？」と環に訊いた。環がいま付き合っている脚本家の下マツゲが長すぎて、セックスの時に気になって仕方ないという話で前回は盛りあがったのだ。

「先週、別れちゃった」

「次は？　どうせもういるんでしょ」

「それがさあ、ここにきて尽きたって感じ。これが三十の壁かなあ。そろそろ結婚しないと駄目なのかも。遼子は建築士くんとどうなの？」

「別に可もなく不可もなく」

わたしもそろそろ結婚かと思っているけれど、恵奈の前ではなんとなく言いにくかった。空気を読まず環が訊く。

「恵奈はまだ不倫してんの？」

一瞬、恵奈の表情が固まった。けれど、すぐに「もうそんなこと大きな声で言わないでー」と笑う。

「だってほんとのことじゃない。深みにはまる前にやめた方がいいよ」

「いいの、いまは結婚とか考えられないから。仕事も忙しいし」

「そうそう仕事」と環が顔をあげた。

「遼子も恵奈も企画とかしてるんだよね。新商品の宣伝とかイベントとかでなんか仕事ないかなあ」

同時にためらう。「モデルさんは外国人を使うことが多いんだよね……」と答えると、

「うちも」と恵奈も続いた。

「そっか」と環がため息をついてぼそりと言った。

「二人はいいよね、昔から頭よかったし、一流企業に就職できて」

「そんなことないよ」と恵奈がにっこり笑う。「環もなんか資格とか取ってみたら？

ぎっていた。

恵奈がなにか言いかけて呑み込む気配がした。環は気付かず、運ばれてきたパンをち

「そんな勉強するお金も時間もないんだって」と、環がひと息に言った。

後々、役に立つかもよ」

恵奈の気持ちはわかる。別にわたしたちは特別勉強ができる子どもではなかった。中学の時はみんな同じくらいだった。高校になって、環の背がみるみる伸びて可愛くなった時は羨ましくもなった。だから、わたしたちはせめて語学力をつけようと留学もしたし、就職活動もがんばった。そんな風に昔から恵まれていたみたいな言い方はフェアじゃない。

でも、恵奈は少しばかり間違えた。正論を言っては駄目なのだ。伝わらないし、溝をくっきりさせるだけになる。

皮を香ばしくバターで焼いた鯛も、崩れるように柔らかく煮た牛の頬肉も、桜のソルベもあまり味がしなかった。

環は新しい皿がでてくる度に携帯で写真を撮った。環のSNSはわたしたちとは三桁もフォロワー数が違っていて、そこではとても話しかけられない。今日はきっと卵の料理が載るんだろうな、と思った。

店を出ると、環は習い事があると慌ただしく去っていった。恵奈とお茶でもしたい気

分だったけれど、言ってはよくないことを口にしてしまいそうだったので誘わずにおいた。今日は家で映画でも観ようかな、と恵奈はひとりごとのように言って改札に消えた。ふり返ると、目が合った。小さな手がひらひらと揺れた。

夜は博之と約束がある。けれど、彼にもやもやする胸の裡を話しても、きっとただの愚痴としか受け取ってもらえないだろう。

息を吐いて一駅分歩いた。三月なのにずいぶんと風が冷たい。ふと、立ち止まり今日がホワイトデーだと気付いた。別れ際の恵奈の顔が浮かんだ。


暗闇の中、なにかが鳴っていた。携帯のアラームを止めようとするが音は消えない。手探りで眼鏡をかけると、夜中の二時だった。ベッドに入ってから一時間しか経っていない。携帯の画面にはずらりとお知らせの文字が並び、そのどれもが恵奈からの着信とメールだった。

ようやくはっきりしてきた頭にまた音が響く。部屋のチャイムだった。

カーディガンをはおり、冷たい廊下を足音をたてずに玄関まで行く。小さな覗き穴から外をうかがうと、恵奈のゆるいくせ毛が見えた。肩を震わせている。

「どうしたの」と、ドアを開ける。恵奈は目を見ひらいてわたしの顔を凝視すると、なぜか一歩下がった。

「寝てたのに、ごめんなさい」と、いまさらなことを言う。

「入りなよ、寒いでしょう。ごめん、ぜんぜん気付かなかった」

ごめん、という単語をわたしが口にした途端、ふっと恵奈の身体から力が抜けた。顔を両手で覆う。肩を抱くようにして室内に招き入れる。触れたトレンチコートのかたい生地はひやりと冷たかった。

ひざ掛けを渡して、ソファに座らせると、台所で湯を沸かした。あいにく牛乳を切らしていたので、マグカップを温めて市販の黒糖生姜湯に湯をそそぐ。自分の分と二つ、両手にマグカップを持って居間に行くと、恵奈はまだコートを着たままだった。

マグカップを手に持たせて、「寒い?」とエアコンの温度をあげる。恵奈は小さく首をふった。手の中の湯気をじっと見つめている。

真夜中の部屋は静かで、わたしと恵奈のひっそりとした息づかいしかなくて、ふと中学の時の古い温室でのひとときを思いだした。あの時は、わたしが泣いていた。

「家に行っていたの」

ぽつん、と恵奈が呟いた。

「家?」

「西村さんの家。終電を逃して、タクシーを拾ったら、つい、彼の家の住所を言っていた。ちょっと疲れていて、さびしくて、私はこんなにへとへとなのに一人ぼっちで、でも彼は家族といるんだと思うとなんか……もう止められなくて……ひくよね」

「恵奈」

背中を撫でる。恵奈は息を深く吸って、吐いた。

「大きなお家だった。きれいで、すっきりした、マイホームって感じの。二階の明かりが二つ点いていて、消えるまでずっと見ていた。帰ろうと思ったんだけど、気付いたらチャイムを押していたの。一回だけ。でも、すぐに二階の明かりがぱっと点いて……怖くなって逃げてきた」

恵奈は真っ白な顔をしていた。どこか遠いところを見ている。住宅街の夜に魂を置き忘れてきたみたいだった。恵奈は自分のしたことを後悔している。こういう時は安易に共感したり、肯定したりはできない。ただ背中を撫で続けた。

でも、ひとつ気になった。あの男は大胆だが、抜け目がなさそうに見えた。

「恵奈、白熊の住所をどうして知っているの？」

恵奈の身体がびくりとこわばった。わたしを見る。すがるような目だった。

「遼子、幻滅しない？」

「しないよ」

「絶対？」

「絶対に。わたしはいつでも恵奈の味方だから」

恵奈が欲しかったであろう言葉を口にすると、恵奈はほんの少し安堵の表情を浮かべた。けれど、すぐにうつむいて唇を噛んだ。

「……財布の免許証を見たの、彼がシャワーを浴びている間に」

恵奈はマグカップをサイドテーブルに素早く置くと、コートのポケットから折りたたんだ紙片を取りだした。手帳から破り取ったもののようだった。

「これ、西村さんの家の住所。ねえ、遼子、お願い、これ捨てて。覚えてないから、もう行かないから、お願い、遼子が捨てて」

顔を背けて、紙片を差しだしてくる。

自分の意志ではどうしようもできないところまできているのか。駄目だよ、恵奈、もうそんなことをしている歳じゃない。不倫なんて時間の無駄だ。恵奈が心を乱すなんて、あの男にはそんな価値はない。でも、そんな正論を言っても、恵奈はわたしに突き放されたと思って、ますますあのくだらない男にのめり込むのだろう。

紙片に手を伸ばした。恵奈がはっとわたしを見る。

「わかった」と笑顔をつくる。恵奈の手から取って、立ちあがる。薄くて軽い、ただの紙切れ。こんなもの、要らない。

トイレに行って、水を流す。

「はい、おしまい」

音をたてて手をはたいて、湿っぽい空気をわざとらしく払拭した。恵奈はちょっとだけ笑った。

その晩はずいぶんひさびさに一緒に眠った。


薄いブルーのシャツに白いフレアースカートを合わせて、淡いベージュのスプリングコートをはおる。髪はヘアアイロンでゆるいウェーブをつけた。

鏡に映る顔を確認する。大丈夫だ。博之にもらった婚約指輪の箱にそっと触れて立ちあがる。

今日、恵奈は休日出勤をしている。携帯をだして「西村さんは会社の花見なのになあ」という文章の後についた酔っぱらった白熊のスタンプを眺める。

あの晩以来、恵奈は前にも増して西村さんのことばかり話すようになった。それはいい。けれど、話すことで鬱憤が解消されても、根本的な問題は解決しない。それには、もっと大きな動きが必要だ。

もっと、確かで、決定的な。

通りにでてタクシーを拾う。メモをだし、文字を読みあげる。見慣れた筆跡。

白くかすんだ景色が車窓を流れていく。春の空気は、恵奈たちとはじめて会った入学式を思い起こさせる。今みたいに、吐き気がするほど緊張していた。同時に、静かに昂奮してもいた。信号で停まったすぐそばに、桜並木が見えた。桜の花びらがちらほらと音もなく散っていた。窓ガラスに張りついた花びらは薄く頼りなく、タクシーが発進するとあっという間に消えた。

二十分ほどで目的地についた。運転手に礼を言い、お金を払い、見知らぬ住宅街に降り立つ。

表札を確かめて、手の中のメモを握り潰した。くしゃり、という感触に、真っ白な卵が浮かんで、ばらばらに砕けて散った。

その夜、恵奈から電話がかかってきた。恵奈は泣いていた。子どもみたいにしゃくりあげながら「遼子、聞いて」と言った。

もちろん、と心の中で呟いて、「どうしたの」と優しい声をだした。

「西村さんが……いきなり電話してきて、なんてことしてくれたんだって、大声で……。私、びっくりして声がでなくなっちゃったの。わけがわからなくて。そしたら、やっぱりお前かって、女房に会いにきただろうってすごい剣幕で責めるの。でも、私そんなことしていない。確かに家に行ったことはあるけれど、していないのに……遼子は信じてくれるよね」

「うん、恵奈はそんなことしない」

「ひどいよね、西村さん他にもいたのよ。それで、その子がしたことを私と間違えたんだと思う。うちはめちゃめちゃだって怒鳴られた。あんな西村さんの声はじめて聞いた」

ほら、やっぱり。

恵奈がすべてを打ち明けてくれるのはわたしだけだ。

「最低」と、わたしは言った。ゆっくりと、烙印を押すように、恵奈の胸にその言葉を焼きつけた。

「恵奈を傷つけるなんて、ほんと最低」

泣きじゃくる恵奈を慰めながら、あの男が余裕をなくした顔を想像した。


「遼子さん」

名を呼ばれて、つい足を止めてしまった。落ち葉を巻き込んだ冷たい風が吹きつけてきて、一瞬目をとじる。見慣れない男がわたしを見下ろしていた。通りを行き交う人が邪魔そうにわたしたちを見る。

「ああ、やっぱりそうだ、遼子さんですよね」

悠然とした微笑みで、白熊こと西村さんだと気付く。恵奈の「昔の男」のカウントにも入らない、くだらない不倫男。わたしたちの間で抹消された存在が馴れ馴れしくわたしに話しかけてくる。この男を見るのは、一年ぶりくらいだろうか。

「いやあ、すみません。懐かしくって、つい声をかけてしまって。そのボルドーのパンプス素敵ですね」

「ありがとうございます。うちの秋冬ものの定番です」

「ああ、そうそう、これから御社に伺うところなんです」

いま私が出てきたばかりのオフィスビルを指す。

「そうですか、お世話になります。申し訳ないのですが、わたくし本日は半休をいただいているので失礼致します」

「まだちょっと時間があるので、お茶でもいかがですか?」

空気が読めないのか、読む気がないのか、男は微笑みを崩さない。目尻の皺が心なしか増えた気がした。

「いえ」と短く断る。食い下がられる前に言った。

「恵奈でしたら、もうすぐ結婚しますよ」

沈黙が流れた。ややあって、男はふっと笑った。

「参ったな、遼子さんにはぜんぶ話しているって言っていたもんなあ。女性のそういうところ、僕はちょっと理解できなかったけど。心配しなくても、もう連絡しませんよ」

わかればいい。「では」と去ろうとすると、男がまた口をひらいた。

「だって、いま、えっちゃんに会いに行ったら、きっと遼子さんと同じ目で見るんだろうから」

特に返す言葉はなかった。「えっちゃん」という甘ったるい声音が不快だった。どうして男って関係があったときのまま時間が止まるのだろう。都合のいい生き物だ。心底、気持ちが悪い。黙って背を向ける。

「遼子さんもないの」

「え」

突然、投げかけられた言葉に思わずふり返ってしまう。

「隠しごと」

目が合った。男の目は笑っていなかった。覗き込むようにわたしを見ていた。

君じゃないの。だって、ぜんぶ知っていたのでしょう。

そんな声が聞こえた気がした。唾を飲み込んで、睨みつける。

「どうしてあなたに話す必要があるんですか」

男は愉快そうに笑った。風で乱れた髪を軽く直す。その左手に指輪がない。

「すごいね、すごい信頼関係だ」

背を向けて、もうふり返らなかった。男が冷たい目で微笑みながらわたしを見つめている気がして背筋がぞっとした。街路樹の並ぶ通りを早足で歩く。

わたしは間違っていない。

だって、あのまま不倫を続けさせるわけにはいかなかった。恵奈の人生が狂ってしまう。わたしは恵奈のために、あの男の家のチャイムを押した。あの男の妻に、恵奈に代わって知っているすべてを洗いざらいぶちまけた。それで家庭が壊れようが自業自得だ。

ずっとずっと一緒だから、恵奈の仕草も喋り方もよく知っている。服もメイクも、ぜんぶ。わたしは簡単に恵奈になれる。恵奈の気持ちだって誰より知っている。だって、親友なのだから。

いま、恵奈は幸せだ。わたしの結婚式で紹介した、博之の後輩ともうすぐ入籍する。大学で物理の研究をしている真面目で将来有望な男性だ。なにより、恵奈に夢中で、プロポーズも彼からだった。

夫ができたら夫の愚痴を言い合い、子どもができたら相談をし合いながら、わたしたちはずっと友達でいられる。

女の友情はもろいから、ちょっとした環境の違いでひびが入るから、こうやって同じように進んでいくのが一番正しい道。そうしなきゃ、一人ぼっちになってしまうから。

携帯が着信を報せる。

恵奈からだ。今日は結婚式のドレスを一緒に選ぶ約束をしている。

「ごめん、あとちょっと。急ぐね、ほんとごめん」

謝りながら角を曲がる。ショーウィンドウに映った顔にぎくりと足が止まる。耳元で恵奈がなにか言う。聞きとれなくて反応が遅れた。「どうしたの」という不安そうな声に、「なんでもないよ」と笑った自分の顔は母にそっくりだった。わたしを自分のものにしておこうとする甘ったるい笑顔。

電話を切って、ショーウィンドウから目をそらす。

見間違いだ。違う。

だって、わたしは間違っていない。

たったひとつ、嘘をついたけれど、間違っていない。

踏みつけた落ち葉が、ヒールの下でくしゃりと音をたてて砕けた。

水底の星

大崎梢

告げられた異動先を耳にしたとき、目黒明日香《めぐろあすか》は「え？」と聞き返した。上司である部長は怪訝そうに眉をひそめ、探る目つきで明日香を見返した。

老舗出版社である「千石社《せんごくしゃ》」に入社したのは二年前の春、配属先は営業部だった。ひととおりの新人研修を終えて初めての職場に顔を出すと、担当するエリアはすでに割り当てられていた。

エリア内にある書店に赴き、千石社の出す本の注文を受けてくるのが与えられた仕事だ。前任者に連れられ、引き継ぎを兼ねた挨拶回りに出かけたさい、道々、業務内容や手順、注意点などを聞かされた。前任者もまた他部署への異動が決まっていたので、手取り足取りの指導など望むべくもなく、メモをとる時間もないような慌ただしさだった。

見よう見まねで仕事を覚え、わからないことがあるたびに周りの先輩たちに相談し、お得意様である書店員にも教えてもらいながら、なんとか半年、そして一年。二年目からは失敗も減り、書店への対応もスムーズになったと思う。提案した企画が、いろいろ変形しつつも形になるという喜びを味わった。このまま営業畑もいいんじゃないかと思い始めた矢先の辞令だった。やはり異動は少なくない。

千石社は総合出版社として雑誌も書籍も手がけ、柔らかいのから堅いのまで内容は多岐にわたる。スクープを日夜追い続けている「週刊千石」もあれば、現代社会を鋭く論考する「千石旋風」という硬派な月刊誌もあるし、人気作家の新刊が毎月華々しく上梓される文芸部もある。業界一と誉れ高き文学賞、東々賞を主催しているのも千石社だ。勢い、都内の一等地に構えた自社ビルの中には、さまざまな部署がひしめいている。

そのどこに行かされるのか、入社二年目の明日香には予想のしようもなかったが、言い渡された編集部を聞いたとたん、「なぜ」「どうして」とうろたえた。

どこでも覚悟していたのに。社内一過酷と言われる週刊千石だって、覚悟していたのに。不意打ちのように混乱する自分に何より驚いた。

不審げな上司の顔つきに気づいて、あわてて「私に務まるでしょうか」「不安です」と取り繕う。でも自分をごまかすことはできなかった。仕事を終えての帰り道、地下鉄駅へと向かう階段を歩いているときに、あの言葉がよみがえった。


「死んじまえ」

両足がぴたりと止まる。

「あんなやつ、消えてなくなればいい」

鋭い眼光が明日香の前に浮かんだ。あのときのように息が詰まる。

背後からやってきた人に押されるようにして足を動かし階段を降りきったが、息苦しくてふらふらと通路の壁際に寄った。目の前を行き交う人々がひどく遠くに見える。いつもは自分もあの中に溶け込み、出版社の営業ウーマンをやっている。昔のことは少しも残ってないはずなのに、記憶の中に刻みつけられているらしい。

小学五年生の秋。もう、十三年も前になる。

そこにいたる最初の出会いは幼稚園時代に遡る。

*

入園まもなくの年中クラスで、明日香はふたりの友達を得た。活発で物怖じせず、好奇心旺盛な女の子、高瀬朋美《たかせともみ》と、恥ずかしがり屋で自己主張が苦手だけれど、気持ちの優しい男の子、梶本裕《かじもとゆう》。きっかけはなんだったのだろう。性格は異なっていたのに、遊びとなるとなぜか気が合った。どういう遊びかと言えば、空想をめいっぱい膨らませてのごっこ遊びだ。

幼稚園には天然の木を利用したフィールドアスレチックコーナーがあったので、そこは格好の冒険エリアだった。盗賊に追いかけられ、吊り橋の下の大鰐《おおわに》に襲われそうになったり、助けてくれるヒーローを呼ぶために笛を吹いたり、木の精が姿を変えて現れたりと、盛り上がるネタは尽きなかった。

明日香は最初の発想が得意で、今にも雨の降りそうな雲行きや、抜けるような晴天に合わせた設定を考え、裕はそれを活かすアイディアを次々に思いついた。ふだんは口数が少なくおとなしい彼が、鰐を撃退する方法を練り上げ、折り紙でヒーローバッチを作り、園の帽子を精霊のトンガリ帽子に見立てた。

すっかりなりきって、一番夢中になるのは朋美だ。ピンチのときは悲鳴と共に身を縮め、敵を蹴散らすときは勇敢なポーズを決めた。雨天の場合は室内遊びになるが、廊下でも玄関ホールでもプレイルームの窓辺でも、ごっこ遊びを楽しむことはできた。

すっかり仲が良くなってから、初めて迎える夏休み。明日香は遊園地のプールを思い出し、どんな浮き袋を持っているかとふたりにたずねた。朋美はキャラクターの名前を答えたが、裕は首をひねり、泳げるからあまり使わないという。

裕がスイミングスクールに通っているのは知っていた。でも、ちゃんと水に浮かんで泳げるというのは意外だった。同じ年の子が大人みたいにもう泳げる？　朋美も驚いたように口をぽかんと開けたが、すぐに私も泳げるようになりたいと目を輝かせた。つられて明日香もうなずいた。

水泳ならたびたび母親からやってみないかと言われていた。遊園地のプールで浮き輪にもたれかかりぷかぷかしたり、ウォータースライダーで遊ぶ方が楽しいと思い、首を横に振り続けた。けれど自由にすいすい泳げるようになったら、人魚の気分が味わえるかもしれない。ふたりが一緒なら通うのも楽しそうだ。母親に「行ってもいいかも」と言うと、ちゃんと頑張るのよと念を押した上で、見学に連れて行ってくれた。

巡回バスが家の近くまでやってくるので、子どもだけでも通うことができる。夏の時期は入会金も半額だ。トントン拍子に話が進み、明日香も朋美もロゴマークの入った新しい水着を買ってもらった。子ども心に晴れがましく、楽しい習い事の始まりとしか思わなかった。

着替えてプールサイドに向かった日のことを今でも明日香は覚えている。国立市郊外にあるスイミングスクール、満々と水をたたえた25メートルプールは、明かり取りの窓からの光を受け、聖域のように明るく輝いていた。ロープで区切られた六つのコースに、水を切って泳ぐ人たちの姿が見え、テレビ番組で見かけたトビウオの群れを思い出した。

頑張ろうねと笑いかけてくれる朋美は頼もしく、ゴーグルをつけてプールサイドで手を振る裕は、いつになく凜々しかった。

三人が通うのは全国展開する大手のスクールで、赤ちゃんを対象としたベビークラスから始まり、水への馴染み具合、泳ぎの習得度によっていくつかのクラスに分かれていた。

さらにスクール独自のシステムも設けられていた。習い事の域に留まらずもっと上の、競技会入賞を目指す選手コースだ。コーチがサポートにつき、みっちり鍛練を積み重ね、夏休みに開かれる記録会で好タイムを出せば地域の大会に出場できる。全国を八つに分けた、通称ブロック大会だ。そこでも活躍できれば、全国大会への進出がかなう。この先に待ち受けているのが、スクールの枠を超えたジュニアオリンピック。通称ＪＯへの出場は若きスイマーたちの最大栄誉とされていた。

記録会、ブロック大会、全国大会、三つを突破してＪＯ。夢見ることは誰にでもできる。けれど挑戦するには選手コースへのクラスアップが必須になる。スクールに通い始めてそのあたりの仕組みを知ると、専用コースで泳ぐ子たちが眩しく思えてくる。やる気があってもコーチからの推薦がなければ上がれないので、よけいに羨望の的だ。

明日香は遠くから眺めるだけだったが、人一倍負けん気が強く根性もある朋美は、わかりやすく闘志を燃やしていた。なんといっても彼女の夢はオリンピックだ。スイミングに通うと決まったときから、ジュニアを通り越して四年に一度の五輪大会を目指していた。「朋ちゃんなら行けるかもね」に、「かもじゃない」とダメ出しをされてしまった。

言葉通りに朋美は頑張り、クロールの息継ぎに手こずったものの、わずか半年で25メートルの完泳に成功した。このとき明日香はまだ顔をつけてのバタ足がやっと。上達の速い朋美にコーチたちも目をかけ、朋美の母親には「続けさせてください」「将来が楽しみ」と折に触れて言葉をかけていた。

やがて小学生になると、裕と朋美は児童クラスで抜きんでた活躍を見せるようになっていた。タイムを計り始め、クロールの他に背泳ぎと平泳ぎをマスターするクラスだ。裕は早い時期からここにいて、上級生よりもいいタイムを出していた。子どもだけでなく保護者からも選手コースが近いと噂されていた。

スクールに通い始めてわかったことだが、裕は水泳一家の子としてまわりから一目置かれていた。父親は水球の元選手。日本チームの一員として戦ったが、予選突破はならずオリンピックにはいけなかった。現在はインストラクターとしてスポーツジムで働いている。母親は背泳ぎの元選手で、これまたオリンピック最終予選まで進んだそうだ。

そんな両親を持つ子どもは三人。裕の兄はすでに選手コースにいてブロック大会に出場している。妹も幼稚園児ながら児童クラスで明日香より達者に泳ぐ。裕自身は気弱で消極的で、ごっこ遊びのアイディア出しのときだけきらきらしていた男の子だが、水に入ったとたん別人になるのに合点がいった。なにしろ水泳一家なのだから。

そして噂通りに小学三年生の五月、選手コースへとステージを上げた。朋美と共におめでとうを言いに行くと照れくさそうにしながらも嬉しそうだった。

「これで夏休みの記録会にも出られるんだね。すごいな。応援しなきゃ」

お祝いを言った帰り道、明日香が言うと朋美は難しい顔で唇を噛んだ。

「私も出たい。まだかなあ。早く決まらないと今年の夏に間に合わないよ」

「そうだね」

複雑な思いで相槌を打った。

自分はと、肩を並べて歩きながら明日香は思う。選手コースとオリンピック。憧れないわけではないが、クロールでの25メートルをやっとクリアし、背泳ぎを始めたばかりだった。


今か今かと朋美がじれているコーチからの声かけは、朋美ではなく同学年の女の子にもたらされた。明日香たちの学年には長沢鈴花《ながさわりんか》、小竹《こたけ》麻衣《まい》、楠《くすのき》奈々《なな》恵《え》といった有力スイマーがそろっていた。中でも長沢鈴花はフォームもきれいでタイムも速く、朋美よりも先に、小学三年生の七月、選手コースに選ばれた。

朋美の口惜しがりようは半端なく、なんでどうしてと下校途中の道の真ん中で、手にしていた体操着袋を地面に叩きつけ憤った。顔を真っ赤にして怒るので、明日香は熱中症の心配までしなくてはならなかった。

そのころ朋美は週一回から二回へと練習日を増やし、早朝や土日に開放されるフリーコースにも通い詰めていたので、口惜しがるのも仕方なく思えた。

それから四ヶ月後、夏が終わり秋から冬へと季節が移ろう頃、ついに朋美にも声がかかった。スクールの入り口で待ち構え、着替えの遅れた朋美に「おめでとう」を言うと、満面の笑みで「ありがとう」と返ってきた。プールの中での距離がたちまち縮まったような気がした。朋美は吊り目がちのきつい顔立ちをしているが、無邪気に笑うととても可愛いらしい。そのまま肩を寄せ合って帰路につきたかったが、歩き出す前に朋美の唇が尖る。

「でもさ、遅いよ。てんで遅い。鈴花ちゃんにすっごく差が付いた。どうしてくれるのよ。コーチにも文句言っちゃった」

明日香はあわててあたりを見まわした。朋美のはっきりした物言いや険しい顔つきはいたずらに敵を作る。「あの子、生意気」という陰口を何度聞いたことか。

幸い、巡回バスの出てしまったあとなので、まわりに人影はなかった。朋美の母親が迎えに来てくれると言うので、乗せてもらうことにして玄関近くに立っていると、この日は裕がひょっこり現れた。

ひとりきりだったので一緒に帰ろうと手招きした。裕は迷う顔になったが、朋美の進級の件を話すと寄ってきた。

「そうか。やっとか」

「でしょ。おかしいよね」

「朋ちゃんってば、大きな声で言わないで」

「早けりゃいいってもんじゃないからさ。練習量が増えてきつくなるだけだよ」

「増やしたいの。そしてタイムを縮めたい」

「大会に出たいんだもんね、朋ちゃん」

「ジュニアもそうだけど、私の目標は四年に一度のオリンピック！」

ぶれない人だと感心しつつ、明日香は「裕くんもだよね」と話しかけた。彼の返事は「まあね」という消極的なもので、これもまた幼稚園の頃と変わらないと苦笑いが浮かんでしまう。朋美は裕の背中を強く叩き、「もっとしゃんとして！」と活を入れる。

「ダメだよ、最近の裕くん、ガッツが足りない。もっと集中して泳ぎこんでよ」

「体調イマイチでスタミナ不足なんだ。朋ちゃんも選手コースに来たら思ってるよりずっとへたばるよ。今までの倍は食べなきゃついていけない」

「食べる」

朋美の即答を受け、裕は大人びた顔で笑った。

「ほんとうに食べそうだ。朋ちゃんならやっていけるのかな。おれは疲れすぎると食欲がなくなって」

十一月だったので裕は長ズボンにジャンパーを着込んでいた。衣服の上からも華奢な体つきが見て取れた。もちろんスイムウエアだけの、ひょろりとした頼りない体型も見慣れている。今度は朋美も小突いたりしなかった。

「でも裕くんのフォームは男子の中でピカイチだよ。無駄のない泳ぎをしているからスタミナ不足になってもタイムを落とさないんだね」

「タイムは落ちるよ。今日もコーチに怒られた。朋ちゃんのところまで聞こえたんじゃないの？」

「ああ、あれ」

「おれの目標も大会出場というか、そりゃ、最終的にはオリンピックだけど。そうだ、あーちゃんは？　あーちゃんの目標は何？」

朋美もくるりと向き直り、「なになに」といたずらっ子のように小突いてくる。想定外の質問だった。明日香は首を振ったり肩をすくめたり天井を見上げたりしてから、思いついたものを口にした。

「私はアリエルよ。ほら、アリエルみたいな人魚になって、水の中をすいすい気持ちよく泳ぎまわりたいの」

一瞬の静寂の後、朋美も裕も噴き出して大笑いになった。

「あーちゃんらしい」

「やっぱあーちゃんだな。そっか、アリエルか」

「悪い？」

「ぜんぜん。目指して目指して」

「だったら、もっと潜《もぐ》れるようにならなきゃ」

その日は三人して朋美の母親が運転する車に乗り込み、人魚ではなく、魚になるとしたら何がいいかという話で後部座席は賑やかになった。尾びれを華やかに揺らす熱帯魚なのか、どう猛なシャチなのか、意外なところでマンボウやカレイなのか。

ほんとうの目標はなんだろう。泳ぎを身につけたいという当初の目標は達成できた。このままだらだら続けていいのかどうか。自分の泳ぐプールには朋美も裕もいない。ふたりともちがうステージに行ってしまった。

温水とは言いがたい冷たい水から出てシャワーを浴び、着替えてひとりで帰る週一の練習日。冬になれば日の暮れるのも早い。乾き切らない髪の毛が芯から凍り付く前に、辞めてもいいのかもしれないと明日香は立ち止まった。母親から中学校受験を目指さないかと言われ、そういう道もあるのかと思い始めていた。

振り向くと、真夜中のように暗い住宅街のはずれに、四角い建物が明るく浮かんでいた。ガラス張りのプールエリアから照明の灯りが漏れているのだ。耳を澄ますと水音やコーチの掛け声が聞こえてくるようだ。夕方の遅い時間にいるのは趣味で泳ぐ大人と選手コースの小学生、中学生、高校生。大学生も数人混じるが、彼ら彼女らがみんなの憧れるオリンピックの一番近くにいる。

背を向けて歩き出す。外灯の照らすアスファルトの道路を、明日香はいつの間にか駆け出していた。

母親はたちまち塾の資料を山のように集めてきた。鼻歌が出るほど楽しそうにしているところを見ると、うだつの上がらない娘のスイミングライフにストレスを感じていたのかもしれない。

四年生の四月から学習塾に通うと決めた。放課後の空き時間を持てあましたくなかった。春休みにスクールを退会すると朋美も裕も残念がってくれた。でもいずれそうなるという予感はあっただろう。これからも応援するねと言うとうなずいてくれた。

小四の夏休みは塾の講習に通い、水が恋しくなると学校のプールや遊園地のプールに出かけた。どちらも人が多くて泳ぎづらいが、自分のペースで水を掻いていると解き放たれる心地よさも感じた。

その間も選手コースの人たちはハードな練習に明け暮れているらしい。内容を聞くだけで「うひゃー」と声が出てしまう。泳いで食べてまた泳いでという朋美は、身長が伸び体重も増え、目に見えて体格がよくなった。

泳ぎもパワフルになったが、八月に行われた記録会でベストタイムが出せず、ブロック大会への出場はかなわなかった。落ちこむ本人から話を聞いてみるに、どうやら緊張しすぎたらしい。初めての記録会とあって力みすぎたのだ。

「来年はきっと大丈夫だね」

緊張のあまり手足がうまく動かなかったなんて。明日香は珍しく親近感を覚え、よしよしと逞しい両肩を叩いたが、朋美は「もっと強くならなきゃ」と拳に力を入れた。

「ほら、それがよくないんだって。泳ぎはどんどん磨かれていくんだから、強くではなく柔らかくならなきゃ」

肩をもみほぐすように押してやると、くすぐったいと笑いながら身をよじった。


そのときは「柔らかくねえ」とうなずくような首の動きだったが、二学期になってから明日香は朋美への苦情を受けるようになった。

「コーチとしゃべっていると、すぐ割って入ってくるんだよ。なんとかして」

「自分のタイムが悪いと着替えのときに荒れるの。ロッカーの扉をすごい勢いで閉めたりして。めぐちゃんから注意してくれない？」

明日香の苗字は「目黒」なので、小学校入学以来の友だちはたいてい「めぐちゃん」

と呼ぶ。苦情を言っているのは主に小竹麻衣と楠奈々恵だ。麻衣は小学二年生からスイミングスクールに通い始めたという遅いスタートだが、大柄でダイナミックな泳ぎを身上とし、朋美とほぼ同時期に選手コースに抜擢された。小四になってもクラスで一番背が高く、体重もそれなりにある。

反対に奈々恵は小柄で痩せている。すばしっこくちょこまかしている小リスみたいな子だ。三姉妹の末っ子で、お姉さんたちも水泳をやっている。プールサイドで一緒のところを見かけると、仲良くじゃれ合っている。

ふたりは明日香に愚痴をこぼしつつ、もっとも顔をしかめるのは朋美の鈴花に対する態度だ。鈴花が挨拶しても無視したり、すごい目つきで睨《にら》んだりが日常茶飯事だという。

自分がスクールにいる頃からすでにそうだったので、ため息しか出てこない。朋美は自分のライバルとして、長沢鈴花を完全にロックオンしていた。鈴花は夏の記録会で好タイムを出し、ブロック大会に出場した。そこを突破することはできなかったが、選手として順調な滑り出しだろう。先んじられたのが口惜しくて、露骨な態度に出てしまうのだ。

朋美の激しさをもろにかぶっている鈴花は、朋美と正反対のタイプの子だった。黒目がちの大きな瞳に、ちょこんとした鼻と口。笑顔が素晴らしく可愛いらしい。水泳はもちろん得意だが、スポーツ全般が大好きだそうで、かつては体操教室にも通っていた。

そこでも有望視され、スイミング一本に絞る際、ずいぶん引き留められたとまわりの子が言っていた。本人は校庭を走りまわるサッカーが一番楽しそうだ。

性格も明るくポジティブ。友だちは多い。男女から好かれている。このあたりも朋美とちがうというのが明日香にとってほろ苦い。太陽の申し子みたいな人気者を、どう猛な目つきで睨みつければ、悪役として名をあげるばかりだ。笑顔で接しろとは言わない。せめてクールな態度を取れないものか。

機会を見つけては多少なりとも諫めることを言ったが、どこまで聞いてくれたものやら。

五年生になり、組替えで明日香は初めて鈴花と同じクラスになった。顔見知りであってもそれまでは挨拶程度の仲だった。クラスメイトとなり言葉を交わすようになると、鈴花は爽やかで話の通じる子だった。

「めぐちゃん、ときどき泳いだりしてる？」

「夏のプールくらいかな。でも泳ぎたくなるから、夏になるのが楽しみ」

「そうか。私、水泳が好きだからそういう話を聞くと嬉しい」

笑顔を向けられ、明日香も微笑む。

「スイミングスクールでも一生懸命やってる子たちがすごく可愛くて、話しかけられるとついいっぱいしゃべっちゃうの。その子たちがプールサイドで声援を送ってくれると、よしって気合いも入るしね」

光景がありありと目の前に浮かんだ。木漏れ日の中でお弁当を開くような和やかさにちがいない。鈴花はちびっこたちの憧れのスイマーだ。

「でも朋ちゃんは話しかけられるのもいやみたいで、いつもムスッとしてるの。あれ、昔から？」

「ふつうにしてても不機嫌そうに見える顔かもしれない。昔から」

鈴花は大らかに笑ってから、「あんなにぴりぴりすることないのにね」と言った。

「スクール全体の雰囲気が重苦しくなりそうで、それだけはちょっとなと思うのよ。私のことは年下の子たちとうるさくしてるって、気分を悪くしてるんだろうけど」

「朋ちゃん、いつも暗くて険しいだけなの？」

「タイムがよかったら機嫌がいいよ。すごく嬉しそうにしてる」

だったらいいんじゃないかなと明日香は思った。どうあっても鈴花のような軽やかで気さくな子にはなれないのだ。

「ほっとくのが一番かもしれない。朋ちゃんは我が道を行く人だから。でもその強さに憧れてもいるんだ。自分にないものだから」

鈴花に先を越されて地団駄踏んで口惜しがるところも、ぜったい追い越してやると目を吊り上げて吠えるところも、正直で開けっぴろげで無防備で、いっそ清々しい。幼稚園の頃、明日香の考えた空想の世界で勇者や精霊になってくれたのも、まわりの目など気にしない集中力があってこそだ。

朋美の根っこは変わっていない。いつかほんとうの勇者になれるのでは。五輪のプールで泳ぐ姿を見てみたい。喉を嗄らして声援を送りたい。

「そうだね。まわりが気にしなければいいのか。だったらせめて機嫌がいいように、好タイムを出し続けてほしいよ。特に夏のあの日には」

「記録会？　ほんとだ。鈴花ちゃんも頑張ってね。応援してる」

「嬉しい。朋ちゃんの次でいいからよろしくね」

ふたり揃ってのブロック大会進出。いや、全国大会出場も夢ではない。どちらかひとりという小さな枠を争っているわけではないのだから。


朋美は夏に向けてさらに鼻息を荒くするだろうが、記録の更新もあるようなので調子は悪くなさそうだ。まわりの冷ややかな視線も届かないのなら、このまま跳ね返してほしい。

気になるのは裕だ。記録が伸びず練習にも身が入らず、さぼることもあるらしい。となりのクラスにいるのでときどき後ろの扉から教室の中をのぞいたが、裕は自分の席に座り、机に突っ伏しているか、頬杖をついて外を眺めているかのどちらかだった。

塾の帰りに一度だけ、駅前の歩道橋にたたずんでいるのをみつけたことがある。一緒にいた友だちと別れ、明日香は恐る恐る近付いていった。歩道橋の真ん中で、裕は手すりにもたれかかり、下を走る車を眺めていた。そばまで寄って名前を呼ぶと、顔を向けて明日香に気づく。

「あーちゃん」

声は昔と変わらなかった。ほんの少し笑みを含んだ優しい声だ。でも見てくれは精彩を欠いていた。こけた頬に目の下のクマ、かさかさの唇、暗い表情。どこか具合でも悪いのかと尋ねたかったがやめておいた。元気ならばこんなところにいない。

「何やってるの。今日は夜から雨の予報だよ。もう降ってくるかも」

「あーちゃんは？　ああ、塾の帰りか」

「うん。裕くんも帰ろう。傘、持ってる？」

六月の梅雨時だった。肌寒い日が続き、夜になるとさらに気温が下がる。風邪でも引いたら選手には一大事だ。

「帰っても家には入れないんだ。スイミングに行かないやつは家から出て行けと言われているから」

裕は手ぶらだった。ジーパンに長袖のシャツを着ただけ。痩せているのでよけいに寒々しく見える。あの子は水泳一家の子だから、というのがスクールでは賞賛の言葉だったけど、梅雨空の下では湿気を含んだ冷たい風にしか思えない。

「だったらうちにおいでよ。裕くんなら、ママもよく知っているから、遅くてもぜんぜん大丈夫」

細い首が左右に振られるのを見て明日香は悲しくなった。

「スイミングなんか行かなくていいよ。入れてもらえない家に、帰らなくていい」

強く言った拍子に涙が込み上げ、あわてて目尻を押えた。裕はさっきよりも明るい声で言った。

「おれもあーちゃんみたいに、はっきりものをしゃべらなきゃいけないいな。こんなところでうじうじせず」

「はっきりって……スイミングを、やめたいの？」

探るような言葉と目つきで尋ねると、空を見上げてつぶやいた。

「やめたいわけじゃないんだ」

朝からずっと空一面に雲が広がっていたが、裕につられて視線を上げると暗い藍色に光の粒が瞬いていた。ところどころに雨雲の切れ間ができていたのだろう。

今にも消えそうな儚い輝きを明日香は黙って見つめた。裕も見上げたきり動かない。もうひとり、どこかで――決して遠くでなく、歩いて行けるほどの近くで、同じ瞬きを見つめている子がいるような気がした。

星明かりがもう少し強く確かに、夢や希望を照らしてくれることを明日香は祈った。幼友達ふたりの笑顔が見てみたい。そう思ってから、もう長いことふたりの、なんのくったくもない笑みを見ていないと気づいた。

小さく瞬いていた星は、いつの間にか雲に飲みこまれていた。

スイミングスクールの様子は、麻衣や奈々恵が頼まなくても聞かせてくれるのでよく知っていた。鈴花は順調にタイムを縮め、朋美は春の停滞期を抜けてから調子を上げている。鈴花のタイムをしのぐこともあるらしい。七月に入ってからは七分三分。鈴花の方が成績はいいが朋美の追い上げ次第で逆転もありえる。

鈴花は「朋ちゃんからの睨まれ度」というのを「昨日は3だった」「今朝は8だよ」と10段階評価で表し、小声で明日香に話しかける。嫌な気分になるより、いっそ笑い話にしてしまおうという、彼女なりの開き直りだ。逞しい。

裕も少しは持ち直したらしい。練習にもぼちぼち身が入っているようだ。裕の復帰が聞けたので、朋美の方はまあいいやという気になる。夏の日差しにも負けないオーラ全開で、最高タイムを叩きだしてほしい。

夏休みには明日香も夏期講習を受けることになっていた。成果を問う一斉テストはちょうどスイミングスクールの記録会当日だった。見に行けないと朋美に言うと、ブロック大会に来てよと返された。行く気満々だ。

その気概通りに朋美は好タイムを出し、ブロック大会への出場を決めた。鈴花も、そして裕も。応援に行きたいと母親に言うと、久しぶりの水泳観覧を懐かしがり、母親も一緒に行くことになった。

関東ブロック大会は千葉県柏市にある総合スイムアリーナで行われる。他の地域は参加者数が少ないので自前のスクールを使うそうだが、関東ブロックは人数が多いので会場も大きくなる。スイムアリーナは観覧席も広いので家族以外でも入れるのだ。

水泳はそもそも種目が多い。自由形（クロール）、背泳ぎ、平泳ぎ、バタフライに加え、それらをひとりでやる個人メドレーがある。計五種に、距離ごとのレースが設けられている。50メートル、100メートル、200メートル、400メートル。そして高校生以下のジュニアの場合、学年ごとのレースとなるのも特徴だ。朋美たちの所属するスイミングスクールでは小学四年生から、各種目、各距離で行われる。すべて男女で分かれている。

必然的にレースが増えて時間もかかる。ブロック大会の場合は予選なし、本番一発勝負だ。あらかじめ目標タイムが決められているので、上位三人でも四人でもクリアできていれば全国大会に進める。届かなければ一位でもアウトだ。

関東ブロックは参加選手が多いので、二レース行われる種目もあり、開催日は二日に分けられていた。誰が何に出るかは、記録会の成績によって決まっている。

朋美は一日目午後の自由形２００と、二日目午後の背泳ぎ１００。鈴花は一日目午前の平泳ぎ１００と午後の自由形２００。裕は一日目午後の個人メドレー２００と、二日目午前の平泳ぎ２００。

朋美と裕は二日とも出番があるが、鈴花は一日だけだ。母親とも相談し、明日香は一日目の土曜日だけ応援に行くことにした。


当日は、一緒に行くと言い支度までした父親に、会社から呼び出し電話があり、すっかりばたついてしまった。自宅を出るのが遅れ、午前中の観戦はあきらめ、途中で昼食を取ってから会場に入った。

関係者でもなく家族が出ているわけでもないので、気後れせずにいられなかったが、建物に入ったとたん、水泳用品の物販コーナーや貼られているポスターに心が浮き立った。幼稚園のときからずっと続けていた唯一の習い事だ。甘酸っぱい思いと共に、母親を急かして二階に上がる。鉄の扉を押し開けて中に滑り込むと、スクールの倍はあるような立派なプールが明るく輝いていた。レースの真っ最中だったので、選手たちの上げる水しぶきがそこかしこで白く跳ねている。コーチの野太い掛け声とまわりの歓声が試合の緊張感を高める。一発限りの真剣勝負だ。

ここで泳ぐことが容易でないのを明日香はよく知っている。課せられる練習量をこなすには気力と体力が必要だ。来る日も来る日もゴールのない、水の中を泳ぎ続けるようなもの。練習量と好タイムがイコールで結ばれないことは、きっと誰もが知っている。それでも水を掻く手を止めない人だけがこのプールにやってくる。

明日香は事前にもらっていた今日のプログラムを開き、目の前のレースと照らし合わせた。ふたつ先に、裕の出場する五年生男子個人メドレー200がある。裕や朋美の家族も来ているだろうが探す余裕もなく、プールの見やすい席に腰かけた。あとは固唾を飲んで見守る。

レースではゴールすると、プールサイドに置かれた電光掲示板に順位とタイムが表示される。さらに目標タイムを上回っていれば、黄色い数字が赤に変わる。全国大会への進出を意味する。採点競技と異なり、明確な合否判定だ。プールサイドからも観客席からも、赤い数字が出るたびに拍手が起きる。

そして迎えた五年生男子による個人メドレー。スタート前にひとりずつ名前をコールされるので、裕がどのコースなのかもわかった。拳を握りしめ、前のめりになり、一緒に手足を動かしたい衝動をこらえながら見入った。

けれども、裕はバタフライと背泳ぎでは上位にいたものの平泳ぎで順位を落とし、クロールでも挽回できず、八人中七位の成績で終わった。電光掲示板で数字が赤になることはなかった。

「裕くん、明日も出るのよね。メドレーよりそっちが得意なんじゃないの？　チャンスはまだまだあるわ」

気落ちする娘を励ますように母親は言った。

「でも明日は平泳ぎだよ」

たった今、失速した種目だ。どちらも押し黙り、しばらく静かに観戦した。やがて気持ちを切り替えるべき時間がやってくる。五年生女子、自由形２００だ。それまでに母親はめざとく朋美と鈴花の家族を見つけ挨拶してきた。

「ふたりとも体調は万全みたいよ。大丈夫だろうってコーチからも太鼓判を押されてるんだって」

「鈴花ちゃん、午前中の平泳ぎは？」

「それがねえ、一位だったのに、あともうちょっとのところでタイムクリアにならなかったんだって」

なんという不運。

「２００に出させるべきだったとコーチも歯噛みしてるらしい。そういうの、ほんとうに難しいわね。おうちの人も残念がってた。鈴花ちゃんは口惜しい気持ちをクロールにぶつけると張り切ってるみたい」

明日香はほっと息をついた。鈴花ならば大丈夫だろう。これが朋美だったら、どれだけやかましかったか。家族のお昼ご飯は台無しだったにちがいない。

ひとつ前のレース、四年生女子自由形200が行われた。三位までが赤い表示になり、女の子たちが手を取り合って喜ぶ。

そして朋美たちの本番、明日香は座り直し、背筋を伸ばして全身に力を入れた。朋美は2コース。鈴花は7コースだ。どちらも頑張れ。行け！

ふたりとも快調だった。水をつかみ水に乗り、ぐんぐん泳ぐ。最初のターン、鈴花がリード。次のターン、混戦になりながらもふたりは頭ひとつ抜け出す。最後のターン、朋美がリード。鈴花が追い上げる。デッドヒートの後、朋美が逃げ切った。一位でゴール。鈴花はタッチの差で二位。

電光掲示板がふたりのタイムを次々表示した。しかし、色が変わったのはひとつだけ。二位は黄色のままだった。

勝利を知った朋美は拳を高々と掲げたのち、水から上がってきた。家族の場所はわかっているのだろう。そちらに向かって笑顔で手を振った。プールサイドにいるコーチにも頭を下げる。次のレースが控えているのでいつまでも余韻に浸ってはいられない。泳ぎ終わった選手はバックヤードへと撤収していく。

明日香はじっとしていられず観覧席の一番前まで下りた。退出口のすぐ上だ。聞こえなくてもいいから朋美の名を呼び、おめでとうを伝えたかった。選手たちはタオルを手に近づいて来る。ふいに立ち止まりきょろきょろする子もいて、てんでんばらばらだ。朋美も何かに気を取られたようにプールサイドに目を向けた。その後ろに鈴花がいた。今まで見たこともないような暗い顔をして、すぐには鈴花と気づかなかった。上目づかいに朋美を凝視する。

嫌な予感があった。胸騒ぎがする。

何か言わなくてはと思ったそのとき、朋美の体が大きく横に飛んだ。あっと思う間もなくプールサイドの床に投げ出される。それに足を取られる人がいて、倒れた朋美の上に覆い被さった。

ほとんどの人が一瞬、何が起きたのかわからなかった。誰かが滑って転んだくらいにしか思わなかったのでは。スタッフが駆け寄ってきて、覆い被さった人が起き上がる。けれど朋美は動かなかった。

他のスタッフやコーチも加わり、しゃがみこんで名前を呼ぶ。反応はあったらしい。朋美は頭を持ち上げ、体を起こそうとした。けれど苦しいのか脇腹を押さえる。やがて担架が運ばれてきた。朋美は乗せられ、退出口の向こうに消えた。

会場の片隅で起きた出来事なので、レースは続行。気づいた人も少なかったようだ。大きな騒ぎになったわけではない。でも担架の来る直前、取り巻いていたひとりが何か言い、鈴花を指差した。

明日香にはその言葉がわかった。「あの子が押した」だ。明日香も同じことが言いたかったから。鈴花は注目を浴びて首を横に振った。「ちがう」「知らない」「私は何もしてない」、そのようなことを言ったのだと思う。

スタッフもコーチもここでの揉め事を避けたかったにちがいない。レースの真っ最中だ。朋美の手当が最優先でもある。その場でのやりとりはほとんどないまま、担架は退出口の向こうに運ばれ、人はちりぢりになった。

明日香は担架を追いかけるべく身を翻した。肝心の瞬間を見逃し、途中から何があったのどうしたのと騒ぐ母親も手荷物をかき集めついてくる。

「担架の行き先なら医務室でしょ」

「それどこ？」

「どこかしら」

初めての施設でただでさえ勝手がわからない。あちこちで聞いてなんとか医務室の場所をつきとめたが、関係者以外立ち入り禁止のエリアだ。どうしようかと親子で足踏みしていると、朋美の母親が廊下の向こうから現れた。明日香たちを見て飛びついてくる。

「目黒さん、うちの朋美が大変なことになって」

「上で見ました。怪我の具合は？」

「いきなり突き飛ばされたんですよ。受け身を取る暇もなかった。床に叩きつけられ、どこかの筋を悪くしたらしい。痛い痛いと泣いてるの。手もよ。手首をひねったみたい。どこもかしこも大怪我」

しゃべっている間にも顔見知りのコーチがやってくる。

「お母さん、落ち着いてください。朋ちゃんのそばにいないと」

「主人を呼びます。おじいちゃんおばあちゃんも心配してるし。スマホはバッグの中で持ってこなきゃ。あと、鈴花ちゃんを探してください。早くって言ってるじゃないですか。ぼやぼやしてたら、しらばっくれて帰ってしまう」

「お母さん、だからそれは決めつけないでくださいと」

「見た人がいるでしょ。あの子が突き飛ばしたって、しっかり指差した子がいるんです。朋美も見てます。人に怪我を負わせておいて、知らんぷりなんて。信じられない。早く探して。捕まえて！」

身を震わせ声を荒らげる朋美の母親に、圧倒されつつもコーチはなんとか宥《なだ》めようとし、明日香の母親も巻きこまれていく。

揉める大人たちの横をすり抜け、明日香は廊下を急いだ。朋美を案じる一心だった。医務室のドアを見つけ、ノックしたが返事がない。ノブをまわして中に入ると先生は不在で、白いカーテンの向こうに朋美が横たわっていた。

「あーちゃん」

目が合うなり、朋美は起き上がろうとして顔を歪める。

「大丈夫？　怪我はひどいの？　そこでおばさんに会ったよ」

「もうダメ。明日の背泳ぎに出られない。背泳ぎの方が本命だったのに」

「なに言ってるの。体の方がずっとだいじでしょ」

体を半分だけ起こした朋美は、掛けられていた寝具の白いカバーをくしゃりと握りしめた。そして振り絞るようにして言う。

「死んじまえ」

ぎょっとする。

「明日のレースに出られない。明日のためにどれだけ練習してきたかわかってる？　全国大会だってこの怪我じゃ万全の態勢で出られない。何もかも、あいつのせいだ」

「朋ちゃん」

「あんなやつ、消えてなくなればいい」

寒気を通り越して手足が痺れた。自分を見据える目から今にも真っ赤な炎が吹き出しそうだ。

「やめて」

「どうして。あいつがやったんだよ。あーちゃんも見てたんじゃないの？　自分が午前も午後もタイム落ちして全国に行けなくなったから、行ける私が、口惜しくてたまらなかったんだ。だから突き飛ばした」

ちがうと言いたかった。鈴花ちゃんはそんな子じゃないと弁解したかった。けれどできない。自分は見てしまった。別人のように歪んだ形相を。

初めて会ったときから鈴花は明るく活発で、夏のひまわりみたいな子だった。水泳も好きだけどサッカーもバスケも好きで、成績にこだわらないと大らかに笑っていた。なんでもムキになる朋美を持てあまし、自分より良いタイムを出してくれることを願う口ぶりだった。

つい昨日も、観戦に行くという明日香に、家族との夕食会が楽しみだと話した。たとえ残念会になってもいいから、美味しいものを食べるのだと張り切っていた。

「鈴花ちゃん、どうして……」

「とんでもなく負けず嫌いで嫉妬深いんだよ。いつだって自分が一番じゃなきゃ気が済まない。それを隠すのがうまいだけ。卑怯者め。二度と顔を見たくない。死ね」

明日香は朋美を見た。ついさっきの鈴花とどれほどのちがいがあるのだろう。暗く引きつった顔をしている。

「私は、今の朋ちゃんも嫌だ」

「はあ？『も』って何。私とあいつを一緒にする気？　なんにもしてない、なんにもわかってない人間が、えらそうなこと言うな」

言い争っているところに白衣の先生が現れ、明日香はベッドサイドから離れた。朋美の母親やコーチも戻ってきたので医務室をあとにした。

母親とふたり、どちらも口数少なく、重苦しい雰囲気で帰路についた。


翌朝、裕の母親から、裕の行方がわからなくなったと電話があった。兄のブロック大会があるので、妹も車に乗せ、父親は一足先に出たという。

そちらに行ってないかと聞かれ、来てないと答えた。心当たりもない。母親が電話を切ったあと、明日香は家を抜け出し駅前の歩道橋へと足を向けた。裕の姿はなかった。手すりにもたれ、あの日の彼のように流れる車の列を見つめた。無事を願う。ひたすら願う。それしかできない。

気がつけば、片手を下に向けて伸ばしていた。もしも裕が水底に沈んでいるとしたら、この手を摑んでほしい。勝手気ままに泳ぐ人魚を目指そうと、言ってやりたい。裕も朋美もそして鈴花も、ほんとうはもっと自由に泳げるはずなのに。

裕はその日の夕方、警察に保護された。二十キロも離れたとなりの市の河原に、ぽつんと座っているところを巡回中の警察官が見つけて声をかけたそうだ。自宅近所に流れている川の上流に向かってひたすら歩いて行ったという。

ブロック大会は棄権となり、裕の全国大会出場はかなわなかった。それから間もなく、五年生の十月に裕は急遽、神奈川県中部の学校に転校していった。おうちの都合というのが理由。耳にするなりクラスに出向き、廊下で立ち話をするのがやっとだった。手紙を出すよと言われたが、新しい住所を知らせる葉書すら、明日香の元に届くことはなかった。

朋美は転倒により肩と手首を強打していた。脇腹の痛みは大事に至らなかったが、打撲は全治二週間の診断を受けた。背泳ぎ100メートルは棄権。むろんそれだけではすまず、両親は事の次第をはっきりさせるよう訴えた。怪我を負わせたのは鈴花というのも主張。鈴花は真っ向から否定し、泥仕合の様相となった。

学校では鈴花の方が濡れ衣を着せられた被害者のように扱われ、みんなから慰められた。当の鈴花は「ありがとう」と寂しげに目を伏せる。無関係であることを譲らない。明日香自身は決定的な場面を見たわけではないので口を挟まなかったが、もう二度と親しく接することはなかった。朋美の側はあくまでも真相解明を要望した。けれど鈴花が退会という形でスクールを去り、結局はうやむやになった。

復帰した朋美は全国大会で二位という好成績を収めた。それも人伝に聞いただけだ。明日香は朋美とも距離を置くようになった。

勉強に専念し、翌々年の春、志望校への入学を果たした。

以来、小学校時代の友だちの話は何かの折に耳に入ってくるものしか知らない。スイミングスクールをやめた鈴花は受験に切り替え私立女子校に進学した。そこではダンス部に入ったそうだ。

選手コースにいた麻衣と奈々恵も中学時代にスクールから離れ、どちらかは高校の水泳部で活躍したらしい。

朋美は、いや、朋美だけはと言うべきか、脇目も振らずあそこのエースとして邁進してるとばかり思っていた。揺るぎない自信を持ち、炎のような激しさを内に秘めた者だけに、勝利の女神は微笑むのだろう。

けれど大学受験のため通っていた塾で、もう泳いでいないとの噂を耳にした。さすがに驚いた。噂をもたらした知り合いに、なぜどうしてと詰め寄ったが詳しいことは知らなかったらしい。不思議そうな顔をされただけだった。

そして苦い思い出だけが残るブロック大会から、数えて十年目の秋、ひょんなところで明日香は朋美に再会した。

隣町にある駅ビルの中で、柄にもなく高そうなブティックをのぞいていた。友だちに誘われクラシックの演奏会に出かけることになり、もしかしてこういう店の服をみんな着てくるのかと眺めていたのだ。買う気はないので店員の誰とも目を合わせないつもりだったのに、すぐそばで立ち止まる人の気配がして顔を向けた。

背の高いすらりとした女性が立っていた。知らない人だ。さりげなく視線をそらし、通路に出ようとして、

「あーちゃん」

呼び止められた。振り向いて、まじまじと見返す。この世に自分を「あーちゃん」と呼ぶ人はとてもとても少ない。女性ならば幼稚園のときの――。

「朋ちゃん」

魔法が解けたように、覚えがなかったはずの顔に面影が重なる。気づいてしまえばまちがえようもない。朋美だ。けれど別人にしか思えないような変わりようだった。メイクをしているし。髪が長いし。スカートを穿いているし。何よりとても綺麗だ。同じ二十一歳と思えないほど大人びている。

「そんなに変わったかな」

休憩時間を取るからと待ち合わせたカフェで、朋美は楽しげに笑った。

「いまだにちがう人と話しているみたいで、ちょっとドキドキしてる」

「あーちゃんは昔のままだね。すぐわかった」

コーヒーカップの取っ手に添えられた爪先には、つややかなネイルが塗られていた。

やっぱり別人だ。夢を見ているのかもしれない。自分の姿がジャンパースカートにぺったんこの靴というのがひどく現実的だけど。

「いつかどこかでばったり会えると思っていたんだ。だからあんまり驚かなかった。気がついて、声をかけなきゃと思った。あーちゃんは今どうしてるの？」

「学生だよ」

大学名を口にすると「ひゃー」とのけぞってみせる。大人っぽさが薄れ、そのときだけ同年代の気安さが漂う。

「さすがだね。あの頃からずっと勉強、頑張ったんだね」

あの頃というキーワードが緩みかけた頰を固まらせるが、「そうでもないよ」と照れ笑いで肩をすくめた。

「朋ちゃんはあそこの店員さんをしているの？」

「まあね。精一杯上品ぶってる。ぜんぜんらしくないでしょ。髪でカバーしても肩はいかついし」

「ううん。とってもエレガントだよ」

「よかった。猫を被り続けているうちに、猫になれたらいいな」

砂糖もミルクも入れないブラックコーヒーを、朋美はしずかにすする。明日香はレモンを浮かべた紅茶を飲む。野性味あふれるきかん坊の子猫が、成長して血統書付きの美猫になったようだ。この場から一歩離れたら、やはり夢としか思えないだろう。

それくらい違和感がある。むしろ夢であってほしい。

「おばさんは元気?」

「ぴんぴんしてる」

裕のことを思い出し聞いてみると、最初の転居先は母親同士のやりとりで知っていたけど、次は知らないと言われた。

「あーちゃんは私が水泳やめたのは知っている?」

「うん。三年くらい前かな。風の噂でなんとなく」

「そうか。高校受験で少し足が遠のいたの。入学したらまた頑張ろうと思っていたんだけど、高校で好きな人ができた」

「好きな人? もしかして彼氏とか、そういうの?」

聞き返すと朋美はルージュをひいた唇で笑った。

「らしくないでしょ。でもほんと。結局その人とはうまくいかなかったけど。水泳をやめて、大学進学もやめて、高校卒業後はしばらくぼんやりしてから、服を売る店で働き始め、メイクとかコーディネートとか覚え、今の店に至る、よ」

「どうして服?」

朋美は視線をそらし、考え込むようにカフェの棚に置かれた小さな雑貨を見つめた。

明日香も口をつぐむ。たった今聞いた朋美の十年間が容易には飲み込めない。

どれくらいそうしていただろう。ふたりの飲み物がすっかり冷えて、ウェイトレスがコップの水を替え、賑やかなおばさまの一群が腰を上げ、店内がすっかり静まりかえってから、ふいに口を開いた。

「服は、勝ち負けがないじゃない」

ブティックに戻っていく朋美の後ろ姿を見送りながら、明日香はその場に立ち尽くした。別れ際、彼女はこうも言ったのだ。

「あれから私、何度も鈴花になりそうになったよ」

水泳は自分たちに何を与え、何を奪ったのだろう。

誰も人魚になれず、誰も魚になれなかった。

もしもあのとき朋美のそばから離れなかったら。自惚《うぬぼ》れるつもりはないが、思わずにいられなかった。眩《まばゆ》いプールの星は今でも水の中で輝いていたのではないか。

「死んじまえ」と言った当人ではなく、言わせるものの力を、かつての自分は恐れた。朋美も似た恐れを抱く日があったなら、自分にもできることはあったのかもしれない。

再会の半年後、ブティックに顔を出してみると、朋美はすでに辞めたあとだった。

＊

「めぐちゃん、聞いたよ、異動だって？」

「そうなの。なんと、スポーツ総合誌『Ｇｏｌｄ』！　びっくりしたわ」

「スポーツ、何かやってたっけ？」

社内食堂でAランチを食べた帰り、自動販売機で飲み物を買っていると、同期の信田《しのだ》日向子《ひなこ》に声をかけられた。

「ぜんぜん。からっきし。子どもの頃にスイミングスクールに行っていただけ」

「スイミングか。私も行ってたな。たぶん一年くらい。自分じゃやらなくても、観戦好きってのもあるでしょ。めぐちゃんは？」

「そっちもさっぱりなのよ。ついていけるかな。不安で小さな胸が張り裂けそう」

ここは笑うところだ。気のいい日向子はぷっと噴き出してくれる。

「『Ｇｏｌｄ』はうちの看板雑誌だから、流儀やスタイルが厳しくありそうだよね。でも、決まったからには頑張るでしょう？」

一年前、泣く子も黙ると評される「週刊千石」に異動になり、現在も奮闘中の日向子に言われると背筋が伸びる。

「うん。腹をくくって飛び込んでくるよ」

「よく言った。骨は拾ってあげよう。思い切りぶち当たれ」

拳でパンチするポーズを取られ、今度は明日香が笑った。まだ死にたくないなあと首を振り、思いついてふと言った。

「ねえヒナちゃん、スポーツってなんだろうね」

日向子はきょとんとした顔になる。

「スポーツ雑誌の編集部で、答えの欠片《かけら》でもみつけられるといいな」

もう一度、朋美に会う日のために。行方のわからない裕にも、きっといつか。

光をうけてたゆたう水の底で、あの頃の星はまだ眠っている。そう思える自分がまだいるのだから。

こっちを向いて。

額賀澪

手持ち無沙汰になって、鞄からスマートフォンを取り出した。アプリのアイコンを指先で突いて、高校時代からの友人、百合のフェイスブックを覗く。志保には縁もゆかりもない遠くの地で楽しそうに生活している様子が、写真やテキストから伝わってきた。

昨年末に結婚した百合は、旦那の実家がある関西に引っ越し、そこで新婚生活を送っている。志保の暮らす東京からも自分の地元からも離れて、新しい生活を。

とりあえず、百合のアップした画像に「いいね」を押す。何かコメントを送ろうか。迷っているうちに、「波平《なみひら》さん」と名前を呼ばれた。

ハンカチで手を拭きながら、駒木《こまき》さんが「すみません、お待たせしました」と駆け寄ってくる。明る目のグレーのジャケットに、真っ白な細身のパンツが、陽の下で何だか眩しい。トイレで化粧も直したのか、頬には落ち着いたピンク色のチークが塗り直されていた。

「いえ、私も今出てきたところです」

平日の午前中のサービスエリアは、それほど混んでいない。駐車場もトイレも売店も、人は疎《まば》らだ。

「お昼ご飯、何にしましょうか」

売店やフードコート、レストランの集まる大きな建物に向かって歩くと、自販機コーナーの前で春田《はるた》がどこかに電話をかけていた。電話に出たのがたまたま担当者だったようで、「あー、前田さんですね！　声ですぐわかりました！　――えー、僕が何年前田さんと仕事してると思ってるんすかっ」と楽しそうに笑う。

長い電話になりそうな予感がしたので、志保は駒木さんを連れて建物の中に入った。春田に先に行っていると手で合図をすると、春田は右手をひらひらと振ってきた。

「なんか、春田さんって、面白い人ですね」

口元に手をやって、駒木さんはふふふっと笑う。

「車の中でも、ずーっと喋ってるし。語尾が全部『っす』だし。運動部みたい」

「いつまでも大学生気分だって、部長からはよく怒られてますよ」

でも、春田はそんな大学生みたいな喋り方で、態度で、上手いこと仕事を取ってくる。部長だって、本気では怒っていないのだ。「しょうがねえ奴だな」という顔で、笑いながら苦言を呈するだけ。

頭はあまりよくないけど、お調子者で話の上手い親戚の男の子。あなたに害は与えません。そんな顔で、春田は相手の懐に入り込む。志保と春田は同じ第一企画営業部で、社歴で言えば彼は志保の後輩に当たる。でも、営業成績は彼の方が上だ。

「あんな奴なんで、今日はたっぷり扱《こ》き使ってやってください」

「じゃあ、遠慮なく」

顔を合わせて笑いながら、フードコートをぐるりと見て回る。ラーメン、カレー、丼物、パスタと、さまざまな店が屋台のように並び立っている。時刻は十一時半。まだ昼には少し早いから、どの店も空いていた。

「えー、何食べよう」

すべての店の看板を見渡して、駒木さんは「どうしようかな、どうしようかな」と繰り返す。

「ね、どうしましょうね」

志保は野分クリエイティブ・アドという広告や書籍、ウェブの制作会社に勤めている。企画の立案もするし、営業として取引先にも出向く。仕事の幅は広い。

そして、志保が担当するオリエント文具という会社の宣伝広報部に勤めるのが、同い年の駒木さんだ。志保が以前いた制作部から第一企画営業部に異動になった直後からの付き合いだから、もうすぐ四年になる。

四年も一緒にオリエント文具の商品のパッケージや販促物を作ってきたから、駒木さんの性格を、志保はよく知っている。こういう場所で何を食べるのか。あれもいいこれもいいと迷ってしまう人だということも。選択肢がたくさんあって迷うことに、心地よさを感じる人なのだということも。

そんなところが、駒木さんは自分と似ている。そう、志保は思っている。

「カレー、美味しそうですね」

志保が言うと、「ああー、カレーもいいなあ」と駒木さんは楽しげに困った顔をする。

「ラーメン屋からもいい匂いがしますね」

「ねーっ」

しばらく二人でそんなことを言い合っていたら、電話を終えた春田が建物に入ってきた。「まだ注文してないんっすか？」と、呆れ顔でカレー屋の看板を指さした。

「俺はカレーにします。有名店なんですよ、ここ」

志保と駒木さんの会話に混ざることはせず、春田はさっさとカレー屋の券売機の前で財布を取り出した。

「有名店ですって、波平さん」

「じゃあ、私達も春田に倣ってカレーにしますか」

「いいですねっ」

そうしましょう、そうしましょう。春田の後ろに並ぶと、食券を買った春田が振り返り「結局カレーですか」と肩を竦《すく》めた。

有名店が出店しているというカレーは確かに美味しかった。甘口のカレーは、辛い物が苦手な駒木さんのお気に召したようだ。一方、辛いものが好物な春田は、「辛くないカレーなんて許せない」と皿が空になるまで言い続けていて、駒木さんに散々笑われていた。笑われることに——正確には、取引先の担当者が楽しんでいることに——春田は満足げな様子だった。

クライアントであるオリエント文具の駒木さん。

そこから仕事を受注している、野分クリエイティブ・アドの志保と春田。

この三人が平日の昼にサービスエリアの一角でカレーを食べているのには、あまり楽しくない理由がある。そんな中、駒木さんが多少なりとも楽しい思いをしているのなら、それに越したことはない。

「しかし、駒木さんも災難っすね。退職前の最後の仕事が、こんな大事になるなんて」

お冷やを飲みながら、春田が呑気に笑う。彼の足を蹴って、「他人事みたいに言わないの」と少しだけ語気を強めた。こんなことで駒木さんは機嫌を損ねたりなどしない。でも、駒木さんは仕事を発注する側。志保は仕事を受注する側。一応、こういう態度を取らなくては。

現に駒木さんは「春田さんって、やっぱり面白いですね」とにこにことしている。

「本当、ものを作るって最後まで油断できませんよね」

駒木さんは、来週いっぱいでオリエント文具を退職する。昔から憧れていたという雑誌編集の会社に編集者として勤めることにしたらしい。会社から総務部への異動を命じられて、ならばいっそと転職を決意したのだと、退職を伝えられた日に教えてもらった。よく覚えている。あの日、打ち合わせのあと、オフィスのマシンでコーヒーを淹れてきた駒木さんに、「実は……」と切り出されたのだ。「私、総務の仕事とか絶対無理だと思うんです」と、鼻息荒く。

その場では「えー嘘ぉ！　寂しいです！　やだやだ」と大袈裟に驚いて、嘆いた。

でも、帰りの電車の中で無性に寂しくなった。

だって、今はたまたま取引先として仕事をしているけれど、もし高校や大学で自分達が出会っていたら、絶対に友達になっていたはずだから。そう確信できるくらい、志保は駒木さんが好きだった。

このまま駒木さんが退職し、違う人間が志保の担当になる。

果たしてそれでいいのだろうか。一番仲のいい百合が結婚し引っ越してしまったから尚更、そう思うようになった。決して百合以外に友人がいないわけじゃない。けれど、百合とのような付き合いができる友人は、いない。同じように食事に行っても、買い物に行っても、百合と行くのとは何かが大きく違う。お腹を抱えて笑う回数かもしれないし、「なになにそれっ、どういうこと？」と相手の話に興味をかき立てられる回数かもしれない。単純な居心地の良さかもしれない。

「まさか人生初の出張校正が、このタイミングだとは思いませんでした」

「そんなの、誰も予想できないっすよ」

げらげらと笑う春田を横目に、志保は皿に残ったカレーをすべてスプーンにのせて、口に運んだ。

寂しさを感じている暇もないくらいのトラブルが、駒木さんの退職一週間前に起こった。駒木さんの最後の仕事になるはずだったオリエント文具の会社案内の制作中に、ちょっと面倒な事態が発生したのだ。

大学生向けのインターンシップの募集のために会社案内を制作する。採用活動が本格化する来年の春まで使用する重要なものだが、作りは単純だ。社長からのメッセージや企業理念を載せ、業務内容を大学生にもわかりやすいように紹介して、パンフレット全体を小綺麗なデザインでまとめる。ページ数も、たったの八ページ。そこまで大きな案件ではなかった。

駒木さんだって、これをさらっと片付けて次の職場へ行こうと考えていたはずだし、志保にもそれは伝わっていた。

どんなに駒木さんと楽しく仕事をしていたとしても、終わり方が悪かったらすべてが悪くなってしまう気がして、いつも以上にスムーズに進行できるよう、アイデア出しの段階からデザイナーに同席してもらって慎重に事を進めた。忙しいデザイナーに嫌な顔をされながらも、そうした。

　ところが、もうすぐ校了というところで、作業にストップがかかった。

採用業務を行う人事部から横やりが入り、せっかく進めていたデザインがすべてボツになってしまった。駒木さんも随分社内で粘ってくれたようだったけれど、結局、人事部の部長が相手になったら抵抗できなかったみたいだ。

　本当なら、制作会社の担当者としてもっと抵抗するべきだった。今となって、そう思う。でも、そうすることで今度は駒木さんが人事部と制作会社の板挟みになることが目に見えていたから、「困りましたねえ」なんて生ぬるい対応をしてしまった。もしかしたらそれが、今回のような事態を引き起こしてしまったのかもしれない。

「本当にもう、最悪ですよねー」

　そのときのことを思い出したのか、社用車に戻ってから、駒木さんはそう溜め息をついた。

「最初に散々ヒアリングして、デザイン案だって確認してもらってたのに、突然ですよ？　突然、『こんなんじゃ学生にうちの会社の魅力が伝わらない』とか『若い人は文章なんて読まない』とか『もっと斬新なデザインにしろ』なんて言い出して、人を何だと思ってるんだか」

駒木さんの言葉に、運転席に座った春田があははっと笑う。「どこにでもいますよ、そういう問題児」なんて言いながら、車を発進させた。

「春田」

取引先の人にそんなこと言わないの。そう言おうとしたけれど、駒木さんが「いいです、いいです。春田さん、もっと言ってください」と手を叩いて囃し立てるから、まあいいや、と思った。

春田の運転でサービスエリアを出た社用車は、印刷会社の工場を目指してひたすら西に走る。

結局、校了目前まで行っていたデザインがゼロになってしまったから、スケジュールは押しに押した。でも、インターンシップの募集が始まる時期は決まっているから、会社案内の納期を延ばすことはできない。「どうしてこんなことになったんですかっ？」と怒鳴るデザイナーに「お願いだから手を動かしてください！」と頭を下げて、何とか印刷所に入稿することができた。昨日の早朝のことだ。

ところがここでもまた人事部から原稿を差し替えろという命が下り、こうして志保と駒木さんは静岡にある印刷工場にまで出張校正をしに行く羽目になった。もうきちんとやりとりをして確認する時間がないから、印刷所で直接差し替えた原稿を確認し、その場で印刷のGOサインを出すのだ。

本来なら、制作部のデザイナーも同行するべきだし、志保もそのつもりでデザインを担当した工藤さんにスケジュールを確認した。

『ただでさえ波平さんの案件のせいで他の制作物のスケジュールが押してるんだから、行けるわけないでしょ』

同期入社で、四年前までは同じ制作部で働いていた工藤さんに、そんな風に睨まれた。それを上司に相談したら、たまたま抱えていた仕事が一段落ついたという春田が同行することになった。運転の交代要員兼、何かあったときのサポート役だ。

志保より一年後輩で、企画営業の仕事をするようになってからの年数は同じである彼が、事実上志保のお守りということだ。

「駒木さんって、休みの日は何してるんですかぁ？」

初めて会うはずの駒木さんと、春田はすっかり親しくなっている。というより、駒木さんにしっかり気に入られている。

「出不精なんで、家で本ばっかり読んでます」

「へー読書家なんですね」

「本棚に囲まれて寝てますから」

「うわー、俺には無理っすねー。俺、百四十字以上は読めないんで」

「ツイッターじゃないんだから」

笑いながら、「ほんと、春田さんって面白い人ですね」と駒木さんが隣に座る志保を見る。本来なら志保は助手席に座るべきなのだろうが、集合場所の駅前ロータリーを出発する際、駒木さんに「一人だけ後部座席だと偉そうだから、波平さんも一緒に乗りましょう」と後部座席に連れ込まれた。春田と途中で運転を交代しようとも思ったが、当の春田に断られてしまった。

「駒木さんと波平さん、仲がいいと思ったら、二人とも読書好きなんですね」

「趣味が同じだから、仲良くなったんですよ」

ね？　と駒木さんが首を傾げてくる。

「あー、前任の米田と引き継ぎのご挨拶に行ったとき、ありましたね、そんなこと」

「そうそう。波平さんの鞄の中に本が入ってて、それがたまたま私が好きな作家の新刊で、帰りがけに思わず声をかけちゃったんです」

そうだ。四年前、ちょうど春田が入社してきた年。

せっかく希望していた制作部にいたのに、入社一年で企画営業職に移され、自分はたった一年でものにならないと判断されたのかと、自分に営業の仕事なんてできるのかと、落ち込んでいた頃。

その上、年下の春田が一年目からいい成績を残すものだから、更に困った。「波平も春田みたいに客の懐に飛び込むつもりで頑張れ」なんて言われた矢先に、担当になったオリエント文具で駒木さんと出会った。

駒木さんと親しくなって、強ばっていた肩から力が抜けて、「なんだ、案外大丈夫そうじゃん、自分」と思えて、そこから他の会社との仕事も上手く行くようになった。

そんな駒木さんが、あと一週間で担当者でなくなる。志保の知らない会社で、知らない人と仕事をするようになる。

仕事という繋がりがなくなったら、私達は何になるんだろう。駒木さんの横顔と、窓の向こうを流れる景色を眺めながら、そんなことを考えた。

多分、何もしなければ、何にもならない。

互いの連絡先なんて、会社のメールアドレスと電話番号くらいしか知らない。それはつまり、仕事をするための繋がりしかないということ。他人以上、友達未満。でももし、志保か駒木さんのどちらかが、何らかの行動を取ったら、自分達はいい女友達になれる気がした。

趣味が一緒で、話をしていても楽しい。四年間仕事をして、お互いの好きなものも把握している。

必ず仲良くなれると思う人が目の前にいるのに、友達になるチャンスをみすみす逃そうとしている。そう考えたら、誰かに背中をどん、どんと押されるような気分だった。

焦っているのだ、波平志保は。

この感覚は、久しく覚えがない。中学校に入学したとき、クラス替えがあったとき、高校に入学したとき、大学に入学したとき。新しい環境に放り込まれたとき、心細さを振り切るように気の合う人間を探し、友達を作ってきた。

これは、そのときの気持ちに、怖いくらい近い気がする。

高校入学直後に百合と仲良くなったのは、互いに焦っていたからだった。

志保は百合のように男性アイドルグループや音楽に興味があったわけではないし、百合は志保のように本が好きだったわけではない。

ただ二人とも、同じ中学出身の子がクラスにいなくて、焦っていた。教室の中で友達という居場所を作りたくて、気の合う人を探し求めていた。

それに、趣味が異なっていても、それ以外の部分で気が合った。むかつくクラスメイトや先生のタイプ、好きな授業、好きなアイスクリームの味、好きなコンビニの商品、よく行くコーヒーショップ、気に入っている制服の着こなし方、メールやSNSで連絡を取り合う頻度。

波長が合うというか、似たような匂いをしているというか。とにかく、気が合った。それを見極められたから、自分達は未だに友達なのだと思う。

百合が結婚をし、遠くに引っ越して、志保とは生活する世界があまりにも変わってしまった。メールやSNSで繋がっているし、連絡だっていつでも取り合える。でも、共有できるものや時間が減ってしまって、その頻度は自然と少なくなった。

百合がSNSにアップした写真に「いいね」は押せても、何とコメントをつければいいのかわからないくらいに。

そんなことをぼけっと考えていたら、自販機に入れた小銭が時間切れで落ちてきてしまった。「あーあー」と声を上げながら、返却口から小銭を取り出してもう一度投入口へ持っていく。駒木さんにはオレンジジュースを、春田にはブラックコーヒーを、自分にはカフェオレを買う。

缶を三つ抱えて工場の中に戻ろうとしたら、出入り口のところで春田が電話をかけていた。志保が近づいていくと、「それじゃあ、お疲れさまです」と電話を切る。

「何かトラブル？」

サービスエリアでも一本電話をしていたし、工場に到着してからも、彼は何度も電話のために校正作業を中座している。

「いやあ、ちょっと俺の案件、スケジュール押しちゃってて」

「大丈夫なの？」

「俺じゃなくて、デザイナーの方が今作業してるんで。俺には特にできることはないんです。頭下げてやってもらうだけです」

へえ、そうなんだ。そう言いかけて、はっとした。

「春田の案件担当してるデザイナーって」

「工藤さんです」

へへっと、意図を摑みかねる笑顔を浮かべて、春田はスマホをスーツの尻ポケットへとしまう。

「ごめん、じゃあ完全に、私のせいだ」

「客がひっくり返したんですから、しょうがないっすよ」

志保の手からコーヒーの缶を取り上げると、「ありがとうございます」と言って彼は早速プルトップを摘んで缶を開けた。

「ただ、波平さん、帰ったら工藤さんに謝ったほうがいいですよ」

いつもの調子でへらへらと言うものだから、春田の言葉は胸にぐさりと刺さった。

「なんか、随分ご立腹みたいだったんで」

せっかく作ったデザインをボツにされ、めちゃくちゃなスケジュールで作り直しを強いられて、出張校正にも来てくれないかと言われて。

あの人、客の言うことに「はい、喜んで！」って尻尾振るしかできないから。これ見よがしに工藤さんが言っているのが、志保の耳に届いたことだってある。

「出張校正、何とかなりそうですね」

大きく伸びをして、両肩をぐるぐると回しながら、春田は無理矢理話を変える。

「なんとかね」

志保も、それに無理矢理乗っかった。

午後一時から始まった校正作業だったが、順調に進んでやっと終わりが見えてきた。

今、駒木さんが最終のチェックをしている。

「波平さん、駒木さんと仲いいですね」

工場の中に入り、校正用に使わせてもらっている部屋に向かっている最中、春田がそんなことを聞いてきた。仲がいいから、駒木さんに言われたらなんでもOKするんですか。そんな風に言われるんじゃないかと身を固くしたが、彼はそんなつもりはないようだった。

「春田だって、可愛がってもらってるお客さん、いっぱいいるじゃない」

「そうですけど、あくまで仕事上のことでしょう？　向こうだってそうわかった上で、仲良くしてるんですから」

「へえ、春田もそう思ってるんだ」

彼は、もっと単純に、気の合う客と仲良くしているものだと思っていたのに。

「俺は、波平さんこそ仕事関係の人と仲良くするタイプじゃないと思ってたんすけど、そうでもないんですね。意外っす」

「私だって、仕事関係の人とべたべた仲良くなったりしないよ」

一緒にお昼を食べにいく。飲み会に行く。打ち上げや忘年会、新年会を開く。仕事終わりにちょっと飲みに行く。精々そのくらいだ。休みの日に会うようなプライベートな付き合いをしようと思ったことはない。仕事関係の人と付き合わないと他に何もすることがないくらい、友人がいないわけでもない。

ただ、駒木さんは別なような、そんな気がするのだ。

「じゃあ、駒木さんは特別なんすね」

志保の胸の内を読んだような春田の声が、長い廊下に響いた。

「異動してすぐ担当した人だし、気が合ったから。同じ作家が好きだったし」

「じゃあ、駒木さんが転職しちゃったら寂しいじゃないですか」

「そうだね」

寂しい。そうだ、その通りだ。

「仲良かった子でも、物理的に離れちゃうといくらメールとかSNSでつながっててても、なんとなく距離ができちゃうんだよね」

「わかりますよ。俺も東京に出て来てから、地元に残った友達の内の何人かとは疎遠になっちゃいましたし」

「私も、高校のときから仲良かった子が結婚して関西に行っちゃって、確かに仲はいいんだけど、ちょっと距離ができちゃったもんね、確実に」

百合は、そのことに気づいているのだろうか。慣れない土地での新婚生活に忙しくて、そんなことを感じている余裕もないのだろうか。

百合とは別に喧嘩をしたわけではない。百合が向こうでの生活に慣れれば、また自然と交流は復活する。そう、思っている。思うことにしている。「ツイッターとかフェイスブックとかラインとかがあるんだし、またいつでも遊ぼうね」と約束したのに、大学を卒業したきり一言も言葉を交わしていない友人や知人がたくさんいるという現実を、見ないように。百合だけは特別だと、自分の胸に言い聞かせるように。

駒木さんは、どうだろうか。仕事という志保と駒木さんを繋ぐ糸がなくなったら、自分達はどうなるのだろう。

答えは、なんとなく予想できてしまう。感動的な卒業式が終わったと思ったら、幽霊のように志保の目の前から消えてしまった大勢の友人達のように、駒木さんの背中が人混みの中に紛れて見えなくなるのが。

出張校正を行うための小部屋が近づいてくる。

志保は手にしたオレンジジュースとカフェオレの缶を握り締め、ドアに向かう足に、少しだけ力を込めた。

「駒木さん、飲み物どうぞ」

テーブルで出力されたパンフレットのゲラと向き合っていた駒木さんが、疲れた様子で顔を上げる。ファンデーションが剝げて、鼻の頭がテカっていた。

「すみません、ありがとうございます」

オレンジジュースを受け取った駒木さんは、缶を開けて呷《あお》るようにして飲む。

「あー、すっぱい。でも美味しい」

「休憩して、追い込みしましょう」

わざと元気な声で言って、志保もカフェオレの缶を開けた。

しばらく無言で、それぞれの飲み物を味わった。

「駒木さん、あれ、観ましたか？」

春田は、「あれ」と言われて何のことかわからなかったのだろう。缶コーヒーを持ったまま「ん？」と首を傾げた。でも、駒木さんにはちゃんと伝わった。彼女はオレンジジュースを飲みながら、つい先日公開になった映画のタイトルを口にする。志保と駒木さんの好きな作家の小説を映像化したものだ。

「まだ観てないんです。もしかして波平さん、もう観たんですか？」

「土曜日に観てきたばっかりです」

面白かったです。そう続けると、疲労の色が浮かんでいた駒木さんの目が、きらりと光った。いつも、打ち合わせの後、オフィスのエレベーターホールまで志保を見送ってくれる際に、最近読んだ本の話をするときと同じ顔。

「私、今週末に観に行こうかと思ってたんです」

「原作ファンの期待を裏切らない出来でした。凄くいい映画でした」

主演した俳優、女優、みんないい演技だった。特に脇役のベテラン俳優が堪らない。子役も可愛かった。音楽もよくて、スタッフロールが流れ出したら思わず泣いてしまった。志保の話を、駒木さんはうんうんと身を乗り出すようにして聞いた。

「楽しみに行ってきます」

駒木さんがそう言うのを見計らって、志保は浅く息を吸った。

映画の話をしたら、駒木さんは食いついてくるという確信があった。駒木さんが観に行こうとしていることも、志保の言葉にこう言うことも、予想できた。

「私、もう一回観に行きたいって思ってて」

そこまで言って、駒木さんの言葉を待った。

え、本当ですか？　じゃあ一緒に行きませんか？　行きましょう行きましょう！　今週末でいいですか？　どこの映画館にします？　そんな会話をすれば、自然と週末に映画を観に行くことになるだろう。

具体的な予定を作って、仕事とは関係ない場所で、仕事など関係ないという顔で、駒木さんと会う。そうすることで、自分達の間には「仕事」以外の繋がりができて、それがいつか女友達に姿を変える。そう思った。連絡先を知っているとか、SNSで繫がっているとか、そんなあってないような絆ではなく、もっと確かなものが手に入ると。

「凄い、波平さんがそう言うなら、安心して観に行けますね」

表情を変えることなく、駒木さんは笑顔でそう言った。志保がさり気なく伸ばした手を握ってこなかったどころか、駒木さんは反応も示さなかった。

なら、自分から言えばいい。「一緒に行きませんか?」と。

でも、言い出せなかった。

言った瞬間に、駒木さんが「えっ」と困惑の表情を見せるのを想像してしまったからだ。一度思い浮かんでしまったら、言えなかった。

どうしよう、困ったな。一人で行きたかったのに。違う相手と行くつもりだったのに。そう思われてしまったら怖い。駒木さんは結婚こそしていないが、長く付き合っている男性がいると打ち合わせの合間に話したことがある。「本とか、全然読まない人なんですよねー」と苦笑いしていたけれど、映画なら別だとその人と行く可能性だってある。

「ぜひぜひ! 観たら感想言い合いましょう」

結局、そんな言葉を返してしまった。何だろう。勇んで試合に挑んだら相手に棄権されてしまったような、気合いを入れてボールを蹴ったのに誰もパスを拾ってくれなかったような、虚しい気持ちになる。あれ、もしかして、彼女にとって私はいわゆる「仕事する分にはいいけど、友達になるのはちょっと違うな」と思われる人種の一人なのだろうか。この人は、この「駒木さん」という女性は、「波平志保」とこのままさようならをしてしまってもいいと、そう思っているのだろうか。

誰か、誰でもいいから、教えてくれないか。

誰へ宛てたものなのかもわからない願いを胸の内で呟いたら、耳の奥がじんと痛んだ。オレンジジュースを飲み終えた駒木さんが、空き缶をテーブルの隅に置く。すぐに確認の途中だったゲラに目を通し始めた。「すみません、もうちょっと待ってくださいね」と言って、真剣に細部まで確認していく。

ちょうど、駒木さんのつむじのあたりを志保は見る形になる。たった今の自分の言動を思い返して、「高校生か」と自分で突っ込みを入れた。

高校に入学して、見ず知らずの人が大勢いる教室の中で、まずこうやって相手の顔色を窺いながら気の合う人間を、友達になれる人間を探す。早い段階で悪い印象を持たれないように、気を使いながら。

そうだ。友達を作るって、こういう感じだった。

長く、忘れていた気がする。

「本当、なんで自分が辞めた後に使われる会社案内をこんなに苦労して作ってるんでしょうね」

なんか、おかしいですね。

けらけらと笑いながら、駒木さんが志保を見てくる。そうですね、と言おうとして、何故か首を絞められたような、息が詰まるような、そんな苦しさを覚えた。

「本当っすよね！」

代わりに春田がそう言った。

「やっと終わったあぁ～」

無事パンフレットの校了を確認し、印刷所の担当者にそれを伝えた。駒木さんはテーブルに突っ伏し、「終わったぁ～」と額を天板に擦りつける。

「……長かったですね」

志保も同じようにして頷いた。春田は春田で「いやあ、結構楽しかったっすね」なんてこちらの気も知らずに笑っている。

「これで心置きなく次の職場に行くことができますぅ」

大きな溜め息と共に、吐き出すように駒木さんが言う。

こんな風に駒木さんと言葉を交わすのは、心地がいい。失うには惜しい心地のよさ。ならどうして、自分は死に物狂いで守ろうとしないのだろう。守れないのだろう。

「打ち上げでもします？　駒木さんの送別会も兼ねて」

春田がそんな提案をして、志保が「いいね！」と言って、駒木さんが「えー、いいんですか？」と両手を叩いて喜んだ。そのときだった。

駒木さんのスマホが鳴り、画面を見た彼女が「げ、会社からだ」と言って部屋の外へと出て行った。

「画像差し替えの指示だったりして」

春田がにやっと笑う。でもその顔は、先程より確実に青くなっている。

「怖いこと言わないで」

「もしくは、全ページ、文字をもう少し大きくしろとか」

「あんた、私と駒木さんを殺す気？」

「こういうことは、あらかじめ言葉にしておいた方が、回避できそうな気がするじゃないっすか」

春田はそう笑ったけれど、駒木さんはしばらく戻って来なかった。春田にも一本電話が入り、彼も一度部屋の外に出た。でも、先に電話を終えて帰ってきたのは、春田の方だった。

「駒木さん、建物を出て随分離れたところで電話してました」

それは、電話があまり穏やかな内容でないことを物語っていた。

十分ほどして、駒木さんは戻ってきた。ドアを開けた瞬間の表情から、余程悪いことが発生したのだろうと察しがついた。

「何があったんですか」

恐る恐る、そう聞く。

「すみません」

椅子に座った駒木さんは、志保と春田を交互に見た。唇をひん曲げ、両手をテーブルの上でもじもじとさせる。

「今言うことじゃないとわかってはいるんですけど、早めにお伝えするべきだと思って」

画像差し替え。原稿の書き直し。デザインをもう一度一からやり直せ。何を言われるのだろうと、志保は身構えた。隣で、春田も全く同じことを考えたみたいだった。

「上の者から、いただいていた見積もりが高すぎるので、値下げをお願いしたいと……」

高すぎる。値下げ。志保は、自分の口がゆっくりと開いていくのを感じた。声は出なかったが、代わりに春田が「へ？」と間抜けな声を上げて首を傾げた。

「本当に、すみませんっ！」

テーブルにおでこをぶつける勢いで、駒木さんが頭を下げてくる。

「値下げって、具体的においくらくらいまでですか？」

何とか、そう絞り出した。

「最初にいただいていたくらいの値段が望ましいようです」

要するに、一度完成まで持っていったデザインをひっくり返し、超特急で作り直した分の割り増しを削ってくれ、ということだ。工藤さんが三日間も会社に泊まり込み、春田に迷惑をかけた分の作業量を、タダにしてほしいと。

「すみません、それはお願いできないと説得しようとしたんですけど、無理でした」

駒木さんが二つ返事で戻ってきたわけではないと知っているから、そこを責めるつもりにはなれなかった。

困ります、と言わないといけない。すでに一度、デザインをボツにされて、ただでさえデザイナーの工藤さんに過度の修正をさせているのだ。その分はきっちり請求しないといけない。いけないのだ。もし、最終的に値下げを飲むしかなくなったとしても——というか、恐らくそうせざるを得ない状況になるのだろうけれど、一度はちゃんとNOと言っておかないと、今後の業務に差し支える。値下げを要求すればほいほい減額する業者だと思われるのは、不味《まず》い。

頭では理解しているのに、自分の中からその言葉を引っ張り出して駒木さんにぶつけることはできないと、志保は痛いほどにわかっていた。春田に助けを求めるわけにもいかない。

「私の一存では決められないので、帰ってから、上司に相談してみます」

できる限りご期待に添えるよう、頑張ってみます。そう付け足すと、駒木さんはほんの少しだけ穏やかな表情になった。上司の要望を伝えられて、ほっとした顔。自分のやるべきことはとりあえずやったぞ、という顔。

「出張校正が終わった直後で申し訳ないんですけど、今週中にもう一度オリエント文具さんに伺います」

「そうですね。すみません、お願いします」

志保が鞄からスケジュール帳を取り出し、「いつにしましょうか?」と駒木さんを見ると、彼女も同じように鞄から淡いピンク色のスケジュール帳を取り出した。

「あれ? 駒木さん、スケジュール帳変えましたか?」

そんな話をしている場合ではないのに、つい口走る。駒木さんが普段使っているスケジュール帳は、鮮やかなグリーンのカバーがついたものだった。季節的にも手帳を買い換えるタイミングでは、ないはずなのに。

「あ、すみません、間違えました」

駒木さんはそう言ってピンク色のスケジュール帳を鞄に戻し、今度はいつも使っているスケジュール帳を取り出した。見慣れたグリーンのカバーを見た瞬間、胸が怖いくらい、冷たくなるのを感じた。

「転職を機に、心機一転、スケジュール帳も新しくしようと思って。ちょうど今は二冊持ち歩いてるんです。引き継ぎ期間ですね」

なんてことないように、むしろちょっと誇らしげに、楽しげに、駒木さんは言う。打ち合わせの日程を決めた後、「可愛くないですか？」ともう一度ピンク色のスケジュール帳を志保に見せてきた。

こんな仕事さっさと終わらせて、次の職場に行きたい、という顔をしていた。

先程感じた耳の奥に滲むような痛みが、また蘇った。

ちらりと見せてくれた駒木さんの新しいスケジュール帳の中身は、ピンクを基調としたバーチカルタイプのデザインだった。駒木さんの退社日の一週間後の日付に、赤ペンで花丸がつけられていた。

入社日！　と。


印刷工場からの帰り道は、妙な雰囲気だった。

途中のサービスエリアで夕食を取って、その最中も車中も、和やかだった。

ただ、不自然なくらい、三人とも今日一日のことには触れなかった。東京から静岡まで行き、丸一日かけて行った出張校正のこと。今日あったさまざまな出来事や、仕事をやりきった達成感、愚痴。そういったものに、誰も言及しない。

苦い終わり方をしてしまったのが原因だと、三人ともわかっている。わかっているから、そのことには触れずに、空気を悪くしないように徹底している。帰り道くらい、気分よく相手を帰したいと思っているから。

春田が途中で気を利かせてカーナビでバラエティー番組をつけてくれたから、それを見ながら、お笑い芸人のギャグにけらけらと笑いながら、帰った。

それなりに、美しく正しい光景だった。顧客の機嫌を損ねることなく、笑い合いながら仕事を終えられたのだから。担当営業として、これほど上手く関係を作って仕事を進められたのなら、他に言うことはないんじゃないかと、自画自賛したくなるくらい。見積もりの減額さえ、なければだけれど。

でもそれだって、駒木さんが言い出したことではない。自分と駒木さんの関係作りは、きっと完璧だった。クライアントと担当営業として、とてもいい形だった。

そんな風に思ったら、鼻の奥につんとした痛みが走ったような気がした。でも、涙が出てくる気配はない。代わりに、虚脱感のような疲労感のような、今すぐ風呂に入りたいような衝動に襲われた。

二時間かけて都内まで戻ってきて、駒木さんをターミナル駅で降ろした。

「今日一日、ありがとうございました」

後部座席から降りた彼女は、志保に向かって深々と頭を下げた。

「いえ、こちらこそ、ありがとうございました」

顔を上げた駒木さんは、頬に力を入れた様子で、もう一度頭《こうべ》を垂れる。

「すっぱり気持ちよく終わらせられなくて、申し訳ありません」

お見積もりのこと、よろしくお願いします。

お疲れさまでした。

そう言って、駒木さんは改札口に向かって歩いて行った。その後ろ姿が人混みに紛れて見えなくなったのを確認し、志保は助手席へと移動する。駒木さんがいなくなったのだから、春田に運転させて、自分は後部座席に悠々と座っている、なんてわけにはいかない。

「ごめんね、春田」

そう言うと、春田は「いえいえ」と首を横に振って車を発進させる。駅前のロータリーを出て、会社に向かって夜の首都高を走る。

駒木さんには志保達もこのまま直帰すると言ったけれど、そういうわけにもいかない。見積もりをどれだけ減額させられるか確認する作業がある。春田は春田で、片付けなくてはいけない仕事ができてしまったらしい。すでに夜の九時を回っているが、会社に戻らねばならない。

「部長に怒られるかな」

夜景を見つめながら、志保はそんなことをぽつりとこぼしていた。

「まあ、『何でこうなったか一から説明しろ』とは言うんじゃないっすかね」

半笑いで、春田が返してくる。

「なんか、仲がいい担当者相手だと、トラブったときが嫌っすね」

「確かにね」

オリエント文具の人事部長にデザインをボツにされたときも嫌な雰囲気だったが、今よりはマシだった。「波平さん、どうしましょうっ」「考えましょう！」なんてぎゃーぎゃーと騒ぎながら、何か方法はないかと動き回ることができたから。

今は違う。見積もりを減額できるか、できないか。それだけを問われている。すでに制作工程はほぼほぼ済んでしまったのだから、削れるものはたかが知れている。重苦しい胸の痛みは通常の二割増しだ。

「私、企画営業部で頑張ろうって思えたの、駒木さんのおかげだから。駒木さんの要望は叶えてあげたくなっちゃうんだよね」

いきなり話し始めた志保に、春田は何も言わなかった。

「本当は制作部に残りたかったけど、こんなに仲良くできる人がいるんだから、営業としても頑張ってみようって思えたの」

本当は雑誌の編集者になりたかったけど、文具メーカーの宣伝広報の職に就いている駒木さんも、似たような境遇だった。趣味が同じで、気が合って、話をしていて楽しい。なんとなく、心地がいい。

もちろん、志保の営業先は駒木さんだけではない。同様に、駒木さんも志保とばかり仕事をしているわけではない。でも、志保は今の仕事にそこそこ満足していた。後輩の春田にどんなに上を行かれても、それなりに。自分自身に、それなりに満足していた。

そう思える理由の一つが、確実に、駒木さんだった。

「じゃあ、駒木さんが転職しちゃったら、余計に寂しいですね」

やっと春田が口を開く。同じようなことを、印刷工場でも言われた。

「寂しいね」

「駒木さんが転職してからも、友達として仲良くやったらいいんじゃないですか？」

簡単に言ってくれる。自然と笑いが込み上げて来た。

「私も、出張校正してる頃はそう思ってた。駒木さんのこと、映画に誘おうかなって思ってたよ」

でもできなかった。駒木さんにその気がないのだと気づいてしまった。腹の底にあったわずかな気持ちも、その後のトラブルでどこかに行ってしまった。

「今はそうじゃないんですか？」

「駒木さんと今後も仲良くできたらそりゃあ嬉しいんだけど、今更友達にもなれないよなって思って。一度変に仕事で繋がっちゃったから、友達に軌道修正していくのが難しいんだよ」

仲がいいといっても、友達として仲がいいのと、仕事仲間として仲がいいのとでは、話が違う。友達というのは、納期とか売り上げとか、そんな一つの目標に向かってみんなで頑張るものじゃない。効率もコストパフォーマンスもいらない。結論なんて出なくていいから、ただ一緒にいられればいいや。そんな関係じゃないと。

駒木さんとそんな風になることは、できるかもしれない。志保が頑張ってそうなろうとして、駒木さんもそうなろうとしてくれれば。

でも、志保が一人でどう足掻いたって、駄目だ。

駒木さんの目は今、次の職場に向いている。長年の夢だった雑誌編集者としての、自分に。ここは友達を作らないと生きていけない学校の教室とは違う。あの頃は、新学期の教室で全員が全員、「友達を作らないと」と焦っていたから、いとも容易《たやす》く友達同士になることができたのだ。

社会人には、他にいくらでもやることがあって、やらねばならないことがあって、居場所がある。束縛もある。駒木さんの心には、女友達を作ろうだなんて願望がほとんどないのだ。

「そういうもんですか？」

「男の春田にはわからないだろうけどさ、女の友情って、一つの御神輿をみんなで担いでる感じなの。『重い』とか『たるい』とかぎゃーぎゃー言いながら、なんだかんだで楽しく運んでるの。ときどき担いでる振りしてるだけの子とか、実は他の御神輿を担ぎたいって思ってる子もいるんだけどね。でも駒木さんとは同じ御神輿を運べないっていうか、駒木さんには今、新しい御神輿を担ごうっていう気持ちがないの。だから私にも、『御神輿担ぎませんか？』って聞く度胸がない。担げたとしても、『私が持ちます』『重くないですか』『駒木さんは休んでてください』って気を使っちゃう」

そこまで言って、春田もちょっと納得したようだった。「ああー」と半口を開けて、しばし押し黙る。

「金を払う側ともらう側、教える側と教えられる側。人間のポジションって一度決まると、染み込んじゃいますからね、その人の中に。それを変えるのって、確かに大変かも。先輩後輩の関係なんて、まさにそうですよね。お互いにその関係性を変えようって意識がないと」

綺麗な顔ばかりしていられない。物わかりのいい親切な人のままではいられない。楽しい話ばかりしていられない。愚痴も言って、聞いて、弱音を吐いて、吐かれる。自分の中にある意地の悪さとか、性悪なところをさらけ出してしまうことだってある。

駒木さんの前でそんなことをする自分を、志保は想像できなかった。

「年取ると、友達作るのにもエネルギーがいるようになっちゃうものなんだね」

「いやいや、波平さんまだ二十代でしょ」

春田が呆れたように笑う。

「例えばこのあと、今回の打ち上げ兼駒木さんの送別会をするとするでしょ？　駒木さん、お肉が好きだから、肉料理の美味しい店で。プレゼントと花束なんて用意しちゃってさ。あの案件は大変でしたねーとか、出張校正もなんだかんだで楽しかったですねー、なんて話をするの。そのときに駒木さんと連絡先を交換するとか『これからも友達として仲良くしてください』とか、言おうと思えば言える。でも、そんな体力や度胸がないな、とも思うの。駒木さんからメールアドレスをもらって、そこになんて連絡をすればいいのか、ぜーんぜん、思い浮かばないの」

駒木さんと言葉を交わすのは、心地いい。でも、彼女と友達になるということは、二人の距離感をもう少しだけ縮めること。そうすることに戸惑う自分がいる。この心地よさがなくなってしまうのではないかと思う、自分がいる。心地よかった記憶が薄れてしまうのを、怖いと思う自分も、いる。

他のものを見ている駒木さんの肩を両手で摑んで、無理矢理、自分の方を向かせる。そんなこと、怖くてできそうにない。

「大人になってから友達を作るって、そう考えると大変かもしれませんね」

春田の言葉に、何故か笑いが込み上げて来た。ふふっと笑うと、胸の奥がちくりと痛んだ。

寂しい？

寂しくなんてない？

そう問われたら、間違いなく寂しいと答える。でも、ときどき浸るのも悪くない寂しさだな、なんて思ってしまう。自分はちゃんとやれてたよな。結構楽しかったよね。寂しさの向こうには、そんな温かいものが潜んでいる気がする。

「波平さん、コンビニ寄ってもいいですか？」

高速を降りて、会社が見えてきたところで春田が言った。志保の返事も聞かず、近くのコンビニの前で車を止める。

「お腹でも空いたの？」

「酒とつまみ、買っていきましょうよ。ただでさえ疲れてるんすから、飲みながらじゃないと仕事なんてしてらんないっすよ」

もし部長がまだ残ってたら、飲ませてべろんべろんにしちゃえば見積もりのこと、有耶無耶にできるかも。なんて笑いながら、春田は社用車を降りていった。

「あんた、そうやってちょこちょこ悪いことしてるんだ」

志保も車を降り、春田の後に続く。春田は志保の問いに曖昧に笑うだけだった。

コンビニの入店メロディは、聞き慣れたもののはずなのに、いつもより浮かれた音楽に聞こえた。

途中のサービスエリアで食事は取ったが、ちょっと小腹が空いてきた。春田はアルコールの冷蔵庫の前に直行したけれど、志保は甘いお菓子のコーナーへ向かった。

棚に並ぶカラフルなお菓子のパッケージの中に、大学時代、よく百合が食べていたものがあった。どろどろのキャラメルと蜂蜜が入った、びっくりするくらい甘いチョコレート菓子。

百合はよくこれをコンビニで買って、バイト前や授業の合間に「疲れた」と言っては口に放り込んでいた。志保には、甘すぎて耐えられなかったけれど。何度言っても百合は性懲りもなく「食べない？」とにやにや笑いながらこれを差し出して来るのだ。

そのチョコレート菓子を手に取りかけて、やめた。歯という歯が全部溶けるような甘さに後悔することになると、わかっている。

スイーツコーナーで甘さ控えめの焼きプリンを手に取り、レジでアイスのカフェラテを買って、店の外で春田が出てくるのを待った。

社用車に寄りかかってカフェラテを飲みながら、志保はふと思い出してスマホを取り出す。

百合のフェイスブックを開くと、今日の夕食の画像がアップされていた。

新しい職場の同僚から教わった料理を、実際に家で作ってみたのだという。木目調のテーブルには、可愛らしいランチョンマットと食器。どれも二人分ずつある。美味しそうな料理だ。食卓を囲む新婚夫婦の楽しげな横顔が、ぼんやりと浮かんでくるようだった。

春田が大きめのビニール袋を抱えて店から出て来て、「お待たせしました」と運転席に乗り込む。

志保は百合の今夜の投稿に「いいね」を押し、コメント欄に文字を入力した。

一向に助手席に乗り込んでこない志保に、春田が運転席からこちらを見上げてくる。

ちょっと待って。そう手で合図して、なんてことない、「美味しそうだね」とか「食べたいなー」とか、そんなコメントを百合へ送った。

ブータンの歌

阿川佐和子

病院の玄関を出ようとしたとき、背中から渡部《わたべ》さん？　と高い声で呼び止められた。反射的に振り返った私は、声をかけてきた、おそらく私と同じく四十代とおぼしき女性に向かってつい、「あー」と笑顔で応えてしまったが、実は誰だかわかっていなかった。白い上っ張りを着ているところを見ると、病院の職員であることは間違いない。いつも伯父《おじ》がやっかいになっている看護師さんの一人だろうか。伯父になにか問題でも起きたのか。首からぶら下げている名札で確認しようと思ったが、裏を向いていて文字がよく見えない。

「やっぱり渡部さんだ！　そうだと思った。すっごい久しぶり！」

私の疑念に反し、その女性はいとも親し気に駆け寄ってきて私との再会を喜んでいる。つるんとした丸顔。しっかりと描かれた茶色い眉。眉のインパクトとは対照的に化粧っ気のない目と口元。軽いウエイブのかかったショートヘア。身長は私より少し小さい一五五センチくらいか。スリムとは言えないが、タポタポとした体つきではない。半袖から伸びている腕の筋肉はしっかりしていそうだ。頭のコンピュータに一つずつデー

タを入れて検索してみたが、まったくヒットしない。戸惑っていると、

「覚えてない？　この顔」

私に思い出させようというつもりらしい。両の頰に手を当てて、さらに頰を叩いて笑ってみせた。私は苦笑いを返し、それからゆっくり、一度だけ首を横に振る。すると、

「そうだよね、私、存在感ゼロだったから」

そういう言い方をしなくても……。内心ちょっとムッとした。思い出せないのは申し訳ないが、そうとわかったら、即座に名前を名乗るとか、もう少し詳しく補足説明とかするのが大人の礼儀というものだろう。対する彼女は快活に右手の人差し指を上に向け、今度はこう切り出した。

「じゃね、ヒント。小学校、中学校、高校、大学、その後。さて、どの時代のともだちでしょう？」

ともだち？　私の頭はさらに混乱した。さっきは「存在感ゼロだった」などと弱気なことを言っていたくせに、打って変わって積極的な発言だ。まあ、いいや、この際、でたらめに答えるしかない。

「えーと、中学……？」

「ピンポーン！」

当たってしまった。「正解でーす」と彼女が小さく手を叩く。褒められても困る。確

証があったわけではない。もともと記憶力には自信がないのだから。それなのに先方は私の顔を一重の目でじっと見つめている。私が「ああ、思い出した！」と叫ぶのを待っているらしい。期待を無視して黙っていると、彼女がまた威勢のいい声を発した。

「まだ思い出せないということでしたら、次のヒントを出しますね」

クイズ番組か。やることがいちいち大げさな女だ。私は左手首を内側に回し、腕時計に目をやった。こんなところでグズグズしている暇はない。早く帰って母のために晩ご飯をつくらなければならないのだ。そう思った直後、彼女が後ろを振り向いて、ロビーの壁にかかっている大時計を見上げた。

「あと五分で終わります。ではヒント2。私はみんなになんと呼ばれていたでしょう？」

「え、綽名《あだな》ってこと？」

どういう神経をしているのだろう。本名も顔も思い出せない相手の綽名を当てられるわけがない。

「そんなこと……」

とうとう私は露骨に嫌な顔をしてみせた。すると、

「私、渡部さんの綽名、覚えてるよ。ワタベでしょ？」

それは綽名ではない。単に苗字を呼び名にしただけだ。誰も私に気の利いた綽名をつけてくれなかった。ファーストネームは万里子《まりこ》なのだから、「マリ」とか「マリチン」

とか、いくらでも女の子らしい呼び名をつけることはできたはずなのに、なぜか私は「ワタベ」と呼ばれた。中学だけでなく、高校へ行ってもそうだった。女子にも男子にも。この呼び名のせいで私の人格から「色気」というものが失われたと、私は未だに信じている。

「で？」

私は目の前の丸顔に問いかけた。そろそろこの問答を終わりにしたいという気持を込めたつもりだ。が、相手はめげた気配を見せることなく、あっけらかんと言いのけた。

「じゃ、解答を言っちゃいますね。私は、ブータン。ブータン。思い出した？」

ブータン。そういえば、そんな女の子がクラスにいたような気がしないでもない。脳の片隅がかすかに動いた。でも、私の記憶の中のブータンは、こんな雰囲気の人ではなかった。もっと、なんというか、パンパンに太っていて、なのに地味で暗くて、他人と接触したくないオーラに満ちていた気がする。

「本名は丹野《たんの》朋子《ともこ》。ブタみたいに太っている丹野。ブタ丹野、ブー丹野、ブータンなんだって。男子が命名の経緯を説明してくれた」

そんな自虐ネタにどう反応しろというのだろう。

「でもね、私、この綽名つけられたとき、正直言って、ちょっと嬉しかったんだ」

「嬉しかった？」

意外だ。決して嬉しそうには見えなかったけど。

「だって、綽名をつけられるってことは、存在を認められるってことでしょ？　無視されるよりずっといいもん」

そのとき、昔の映像が突然、蘇った。男子が廊下の隅で、前を通り過ぎる本人にわざと聞こえるような声で、ブータンブータンと、歌うように囁《ささや》いていた。意地悪だなあと思いながら、私は他の仲間とともに見て見ぬ振りをした。ブータンについて思い出せるエピソードといえばその程度のものだ。

「ブータンって国、あるでしょ？」

「え？」

嫌な予感がした。

「ブータンの世界一は、なんだと思いますか？」

やっぱりそうだ。またクイズか。

「さあ……」

「ブータンってね、世界一幸せ度が高い国なんです」

「はあ？」

だからどうしたと心の中で呟《つぶや》く。

「私、そのこと知って以来、この綽名、誇りに思うことにしたの。そうか、だったら私は世界一幸せ度の高い人間になろうってね。人生の目標ができちゃったって感じ？　今度、いつ来るの、ワタベは？」

　ワタベって……、そう気安く呼ばないでもらいたい。

「ここに？」

「そう」

「いつって言われても……。だいたい週末かな。平日は会社があるんで」

「ワタベ、お勤めしてるんだ。どういうお仕事なの？」

「まあ、普通の会社」

　詳しく説明する義務はないだろうと思い、曖昧に応えたら、

「へえ、偉いねえ。普通の会社員かあ」

　普通の会社員のどこが偉いんだ。

「じゃ、私もなるべくシフトを週末にしてみます。そしたら毎週、ワタベに会える？　みたいな？」

　毎週、会う気か。だいたい彼女がここで何をしているのかも聞いていない。聞かれたついでに聞き返してやろう。

「シフトって、丹野さんは……？」

「ブータンって呼んでいいよ。私ね、ここのリハビリ室のトレーナーしてるの」

「たまたま今日は臨時の代行勤務だったのよ。で、さっきから、なんかワタベに似てるなあって思って遠くから見てて。別のスタッフに聞いたら、渡部勉《つとむ》さんの姪御さんだよって教えてくれて。ピンポンピンポンピンポン！　こんな再会ってあるんだね。だから人生って飽きないんだよね。来週から週末シフトにしてもらいます」

「そんな、私のためにそんなことまで……」

別にしてもらわなくてもいいんですけど、という言葉を私は飲み込んだ。しかしブータンは、

「いいのいいの。だって久しぶりにワタベに会えたなんて、これってぜったい運命だよ。卒業して以来だから、二十七、八年ぶり？　もう私たち、アラフォーだなんて信じられないよね。ワタベ、四十三歳になった？　あ、まだ誕生日前なの？　私、六月生まれだからもう四十三。こないだ近所の三歳の男の子に『おねえさんって呼びなさい』って言ったら泣き出されちゃってさ、ガーンって感じ？　あ、いけない、また話、長くなっちゃうね。ささ、遅くなるからもう帰って帰って！　じゃ、また来週ね。待ってるよん！」

「あ、そうなんだ」

さんざん引き留めたくせに、最後は私を追い払うように背中を押すと、表通りの横断歩道を私が渡り切るまで、病院の玄関脇の、黄金《こがね》色に輝く銀杏《いちょう》の木の横に立って、ブー

タンはずっと手を振っていた。

　伯父がこの老人病院に入院したのはちょうど一年前の秋である。伯父は十年ほど前に伯母《おば》に先立たれ、我が家からほど近い場所にある一軒家にずっと一人で暮らしていたのだが、家で転んで右大腿骨を骨折した。幸い意識ははっきりしていたらしく、自分で救急車を呼んで病院へ運び込まれたものの、すぐに人工関節を入れる手術を施されることになった。八十歳という高齢で大丈夫なのかと、知らせを受けて駆けつけた私と母は心配したが、案外、難なく手術は終わった。ただ、今後の独り暮らしは避けたほうがいいと医者に告げられた。

　だからといって手術をした病院に長居はさせてもらえないのが今の医療の現状だ。治療を終えて松葉杖で歩けるようになるとほぼ同時に追い出され、そのあといったん自宅に戻してみたが、たしかに医者の言うとおり、伯父の生活能力は格段に衰えて、一人ではお手洗いへ行くことすら困難な状態になっていた。このまま勉伯父さんを放っておくわけにもいかないだろうという話になって、急遽、今後の対応策について親族で話し合うことになった。

　勉伯父は三人きょうだいの長兄だが、子供はおらず、連れ合いである伯母が他界したのち、近しい親族で残っているのは、末っ子の母と、大阪に住む母の姉夫婦だけだ。あとは売れ残りの姪である私。大阪の緑《みどり》伯母さんのところにも成人した息子が三人いるが、全員が独立して家を出ているので、大人になってからはめったに会うことがない。今回も誰も来なかった。

「こういうことは最初が肝心ですよ」

僕は銀行員として今まで老人介護や遺産の問題でもめた家族をさんざん見てきたからよくわかるんです、とりあえずそれぞれ忌憚のない意見を出し合うことにしようじゃないですかと、緑伯母さんの夫である隆司《りゅうじ》さんが会議のしきり役を買って出た。

すると母が、小さい声ながらはっきりと、「ウチで引き取って世話をするから大丈夫ですよ、わざわざ大阪から出てきてこんな会議なんかしなくたって」と眉の端を下げて不満げに呟いた。母がそう言い出すことは最初から予想していた。

末っ子の母は九歳年上の勉伯父とは昔から仲が良かったし、まして三十そこそこで幼い私を抱えて離婚したあと、私と母がどれほど伯父伯母夫婦の世話になったか計り知れない。恩返しをするのは当然のことと母は思っているのだ。

「道子《みちこ》さんの気持はわかりますが、それは無理ですよ」

すかさず隆司さんが反論した。

母自身、昔から心臓が弱く、最近はリュウマチの症状もときどき出て寝込んだりすることが増えてきた。そんな身体で大柄の伯父の面倒を見られるわけがない。そこは大阪の伯母夫婦もちゃんと理解してくれているんだと安堵した。そう思った矢先、隆司伯父が言葉を継いだ。

「まあ、だからといってウチも狭いしねえ。いえね、息子たちが全員出払っちゃったから、家内と二人、大きな家にいるのも無駄だってことで、最近、千里《せんり》の小さなマンションを買って移りましてね。あそこに義兄《にい》さんを引き取るのは、どう考えても無理なんですよ。なあ、狭すぎるだろ？」

横を向いて妻に同意を求めると、隣の緑伯母がこっくり頷いた。

「だいいち、ちょくちょく孫の世話にもいかなきゃならないから、家を留守にすることが多くてね。息子たちも、都合のいいときは孫をエサに親を呼び出すもんで、まったく参りますよ」

爺バカを露わにして嬉しそうに笑う隆司さんの横から、緑伯母が身を乗り出した。

「それにね、高齢になってからの引っ越しってよくないんですってね。知らない土地に馴染む対応力がもうないんだって。だからすぐに呆けちゃうらしいわよ」

そう言うわりに引っ越したわけでしょ、緑伯母ちゃんはと、言いたい気持を私は抑える。

「ドリちゃん、今、どこに住んでるの？」

唐突に母が緑伯母に問いかけた。二つ違いの姉のことを、母は昔から「ドリちゃん」

と呼ぶ。

「マンションの場所？」

緑伯母が訊き返した。

「いいえ、住んでる場所よ」

「だから大阪のね……」

「あら、大阪に住んでるの？」

「母さんったらもう。さっきの話、聞いてなかったの？　緑伯母ちゃんは、家を売って千里のマンションに引っ越したんだって」

私が笑いながら姉妹の会話に割り込んだ。

「あら、そうなの？　だってドリちゃんたち、ずっと静岡に住んでいたじゃない」

「それはずっと昔の話でしょうが。大阪に移ってもう二十年以上になるのに。やあねえ、ミッちゃんったら。しっかりしてよ」

緑伯母が冗談めかしてケラケラ笑った。

小さい頃、二つ違いの姉妹は「ドリちゃん」「ミッちゃん」と呼び合っていつも一緒に遊んでいたという。が、それぞれに結婚し、伴侶の価値観に添ううち、しだいに気持がかみ合わなくなったと、母は折に触れてこぼした。

「なんか、見下《みくだ》されているような気持になるの。そりゃ、あちらの旦那様は銀行で立派に出世して三人の息子もいい大学に進学させて、自分の結婚は成功だったって言いたいんでしょうけど」

父と母は私が三歳のときに離婚していた。母はしばしば言葉を止めたのち、必ずつけ加えるのである。

「でも私は、あんなせっかちで独断的な男は嫌いよ。だいいち品がないでしょう、あの人」

私も子供の頃からなんとなく隆司さんのことを好きになれなかった。ただ、結局それは母の嫉妬なのではないか。口には出せないが、秘かにそう思っていた。

実際、今回の件も隆司さんの采配がなかったら二進《にっち》も三進《さっち》も行かなかっただろう。かろうじて言い争いになることなく話し合いを進められたのは、隆司さんの進行のおかげである。そして最終的に勉伯父を老人病院に入れる方向で動くことになったのだ。幸い、我が家から電車で一時間以内の場所に手頃な老人病院があり、そこの理事長が隆司さんの銀行時代の後輩だという。アイツに頼んでみるよ、さっそく手配してみましょうと、隆司伯父さんは得意満面に言い放った。

しかしその結論はかぎりなく勉伯父本人の意志を無視したものだった。勉伯父が嫌だと言ったらどうするか。

「万里ちゃん、そりゃあんたからお義兄さんに話してくれんか。万里ちゃんの話なら、義兄さん、素直に聞くと思うから」

子供がないぶん、昔から勉伯父夫婦は私のことを実の娘のように可愛がってくれた。私に父親がいなかったせいもある。父の記憶はまったくないが、父親の不在を不幸だと思ったことは一度もない。むしろ優しい伯父の家に行けば、母相手には言い出せないおねだりができるとウキウキしたものだ。でもそれは、伯父が父の不在の穴埋めをじゅうぶんにしてくれたおかげだったのだと、大人になるとよくわかる。

「じゃ、老人病院のことは、状況がわかり次第、連絡します。入院の手続きとか、そういう事務的なことは全部僕がやりますからご心配なく。そのかわりといっては何だが、万里ちゃん、義兄さんとお母さんのこと、よろしく頼みますね。あんただけが頼りだよ」

隆司さんは私の肩をポンポン叩くと、ボストンバッグを持ってさっさと玄関へ向かった。居間に残った緑伯母が私の腕を取り、

「本当に、万里ちゃんが頼りなのよ。あたしたちもできるだけ上京するようにしますけど、そう頻繁には、ねえ。こういっちゃ失礼かもしれないけど、万里ちゃんが結婚してなくて、ホント、よかった。これであんたが他家《よそ》のお嫁さんになってたら、誰も世話できる人、いなかったんだから」

緑伯母は何度も目を閉じて、この僥倖《ぎょうこう》をしみじみと味わっているかのような顔をした。

「でもさ」と伯母は一変、表情をこわばらせ、テーブルの上を片づけて台所へ向かった

母の背中にチラリと目をやってから、私の耳元に顔を近づけた。

「ミッちゃん、ちょっと、認知症っぽい？」

「いや、そんなことはないと思うけど。もともと忘れやすい性格だし」

「そう。ならいいけど。とにかく万里ちゃんにいちばん負担がかかるのが申し訳なくて。なんかあったらいつでも連絡してちょうだいね」

「おい、帰るぞ」と、すでに外に出て足踏みをしている隆司伯父の声に反応し、

「じゃね。ほんとに万里ちゃん、無理しちゃだめよ。ミッちゃん、お邪魔しました。身体、気をつけてね。もう送ってくれなくていいから。さようなら。また来まーす」

台所の母に向かって一声叫ぶと、緑伯母はそそくさと年のわりにはヒールの高いパンプスを履き、小走りで玄関を出て行った。


丹野さんのことをブータンと呼べるようになるまでに一ヶ月以上かかった。本人は気に入っていると言うが、所詮からかいの意味から生まれた綽名である。もはやコロコロのブタのような体型でないとはいえ、いい大人になって「ブータン」と人前で呼ぶのはなんとなく憚られる。ついでに彼女から、ワタべと呼ばれるのも落ち着かない。

それでも相変わらず私はほぼ週に一回のペースで伯父の老人病院に通った。一階にあるリハビリ室は、伯父がそこにいなくても必然的に横を通らざるを得ず、さらに廊下に

面したリハビリ室の入り口はいつも開放されている。目敏《めざと》いブータンが部屋の奥から私に向かっていつも手を振るので、無視するわけにはいかなかった。

「ちょっと、ワタベ！」

ある日、いつものようにリハビリ室の前を足早に通り過ぎようと歩いていたら、後ろからブータンに呼び止められた。

「ニュースニュース！」

しかたなく私は足を止め、振り返る。

「勉さんがね、すっごいの」

ブータンは伯父のことをファーストネームで呼ぶ。すぐに馴れ馴れしくできるのは一種の才能かもしれない。

「なにが？」

煩わしいと思う気持を抑え、私はできるだけ穏やかな口調で訊き返す。

「足の筋力が、すっごいんだって」

ブータンは「すっごい」という修飾語が好きだ。なんにでも「すっごい」をつけたがる。

「筋力？」

八十歳過ぎの老人に筋力がつくものか。

「ま、若者ほどじゃないけどね。それでも歩行器なしで二〇メーターくらいラクラク歩けるようになったんだよ。すっごくない？」

「ホントに？」

私は両手に抱えていた伯父の着替えの下着や柿の入った袋をいったん床に置いた。悪かった。心の中で反省した。そういうニュースだったのか。

「ありがとうございます。丹野さんのおかげですね」

「ほらまた。丹野さんじゃなくて、ブータンだってば。ちがうの、私のおかげじゃないの。ご自身の意欲と根気のおかげなの」

「でも指導してもらわなきゃ、自分一人ではそこまでできるようになれないでしょ？」

「それがさあ」と言うと、ブータンは笑いを堪えきれないとばかりに口に手を当てて、

「笑っちゃうんだから、もう」と私の背中をバシッと叩いた。

「痛っ」

「あ、ごめん。でもね」

ブータンは廊下の片隅に私を引き寄せて、小声で語り出した。

「私がね、なんか好きな歌を歌いながら歩くと、リズムがついていいですよって勉さんにお勧めしたの。それもトレーニング法のうちだからね」

「へえ」

「そしたら、勉さんが歌い出したのよ」

「なんの歌を？」

「インド人の猿股、ネットネットするよって」

そこでブータンの笑い声が爆発した。笑いながら、

「思わず、なんですか、それって訊いちゃった。そしたらなんか、昔々の軍人さんが軍隊ラッパの節回しを覚えるためにつくった歌なんだってね。知ってた？　ワタベ」

そういえば、伯父が昔、ときどき口ずさんでいた気がする。インド人に失礼ではないかと思いつつも、なぜか歌いやすいので、ウチでも口ずさんでいたら、母から禁止令が出たことがある。

ブータンは笑い過ぎて、涙を拭きながらつけ加えた。

「でもその歌、すっごい威力だよ。ちょうど歩くスピードに合うんだろうね。そのうちリハビリ室でこの歌、流行り出しちゃってさ。じいさんの猿股、ネットネットするよ、ばあさんのパンツもネットネットするよって、替え歌がどんどんできちゃって。こないだなんてね、看護師さんたちがナースルームで、携帯電話いじりながら、検索検索ネットネットするよって、ネット検索しながら歌ってるんだよぉ。可笑しすぎない？」

ひとしきりまくし立てたのち、ブータンは「ネットネット」と歌いながら私の荷物を持ち上げて、そのままエレベーターに向かって廊下を歩き出した。まったく。ブータン、

声が大きすぎるよと叱りつつ、私もその後ろを小声でネットネット歌いながら、歩き出す。

いつの頃からか、私は生涯の友というものを望まなくなった。女にはいっときの悩みを共有できるともだちがいればじゅうぶんだ。四十歳も過ぎてともだちについてそんな結論を見出すとは、我ながら寂しい人生だと思う。でも現実はそういうことだ。

今年秋の会合は、いちばん結婚が早かったゴリのウチで催されることになった。中学時代の仲良しグループ六人で年に最低一回は集まって、昔話をしたり近況を報告し合ったりするのを恒例行事としていた。それがともだちとしての継続の秘訣だと、誰が言い出したか忘れたが、そういうことになっていた。中には同じ高校へ進学した者もいる。地方へ引っ越した者もいる。それぞればらばらになった時期もあるけれど、それでも卒業後三十年近くのときを経て、未だに小さな同窓会は続いていた。

「ねえ、ブータンって、覚えてる？」

六人全員が集合し、持ち寄った料理やおつまみをテーブルに並べ終わった頃を見計らい、私はさりげなく問いかけた。

「え、ブータン？　誰それ」

「そんな人、いたっけ」

そこへグラスと缶ビールをお盆に載せて運んできたゴリが、

「ほら、いたじゃない。ちょっとプクプクしたおかっぱ頭の子が」

「そうだっけ？」

「財布盗難事件、覚えてない？　ブータンの下駄箱に空のお財布が入っててさ。それが教頭先生のお財布で。三万円盗まれたとかって大騒ぎになって、ブータンが疑われちゃって」

「ぜんぜん覚えてない」

「やだもう。ユウちゃん、記憶喪失なんじゃないの？」

「で、その事件、どうなったの？」

私が促すと、

「ウッソー、ワタべも覚えてないの？」

「うーん、あんまり」

「結局、犯人はわからずじまいよ。でもさ、私が犯人だったら自分の下駄箱に盗んだ財布、入れたりしないよ。たぶん教頭先生がお財布をどっかに落として、それを拾ったヤツが中身だけ抜いてブータンの下駄箱に入れたのよ。だからぜったい犯人はブータンじゃないなって私は思ってたけど」

「先生に言った？　そのこと」

理論派のノッコが訊ねると、

「言わない。だってそんなこと言ったら、じゃあ誰が盗んだんだって、こっちが疑われるかもしれないでしょう」

ゴリが手製のニース風サラダを混ぜながら口をゆがめて答えた。すると私と同様、まだ独身者のヤッチンがポテトチップス片手に身を乗り出してきて、

「そもそもブータンがはっきりした態度取らないからいけなかったのよ。だってお財布見つけて教員室に届けたの、ブータンなんだから、正々堂々としてればよかったのに」

「あ、ヤッチンは覚えてたんだ、あの事件」

ゴリがサラダを一口、味見した。

「覚えてる覚えてる。だってあのときのワタベ、カッコ良かったじゃない」

ヤッチンの言葉に私は驚いた。

「え？　私が？」

「そうよ。あのとき男子が囃《はや》し立ててたじゃない、お昼休みかなんかに。盗人《ぬすっと》ブータンとかいう歌つくって歌ったりして。そしたらワタベがツカツカってその男子のかたまりに近づいていって、『やめなさいよ、証拠もないのに人を疑うの、下品！』って一喝したの。そしたら男子たち、シーンとなっちゃって」

「へえ……」とユウちゃんは初耳のような声を出し、「そうよ、ワタベ、迫力あったよ

ね」とゴリがフォローして、あとのみんながヤッチンとゴリの事件経緯の掛け合いをひたすら黙って聞き入るうち、私の頭にじわじわと記憶が蘇ってきた。

そうだ、そういえば、そういうことがあった。あのときつい感情に走ってあんな行動に出てしまったが、後味の悪かった記憶がある。直後のクラス全員の視線がひどく冷たく感じられ、場がしらけ、私は泣きそうになって教室を出て行った。ブータンの顔なんて見る気もしなかった。ブータンに同情したわけじゃない。私はただ、秘かに思いを寄せていたサッカー部のストライカーだったアイツまでもが、ブータンをからかう仲間に混ざってケタケタ笑っていたのに腹が立ったのだ。無性に許せなかった。だから正義感でもなんでもない。どうかみんな忘れてくれと祈ったぐらいである。実際、今日まで私はあのできごとを記憶から抹消していた。

「ワタベ、覚えてないの？　自分で言ったんだよ」

ゴリが私をせっついた。

「そうだっけ。カッコ悪いね、私」

「カッコ悪くなんかないよぉ。みんな、そう思ってたんだもん。でも言えなかった。そしたら代表してワタベが言ってくれて、ホッとしたんだよ。ねえ」

ゴリがみんなに同意を求め、みんながうんうんと頷いて、それからユウちゃんがのんびりと発言した。

「で、結局、その事件、どうなったの？」

「だからさっき言ったでしょ。犯人はわからずじまい。真犯人も出てこなかったから、ブータンの立場は結局、すっきりしないままだったんじゃないかな？」

「ちょっと、そろそろ、乾杯しない？」

ビールの空き缶をゴミ箱に捨てながら、ノッコが全員に声をかけた。いつのまにか六つのグラスにビールがなみなみと注がれている。六人はそれぞれにグラスを持ち上げて、

「じゃ、カンパーイ」

「お久しぶりー」

カチンカチンとぶつけ合った。

「ねえ、ノッコの指輪、もしかしてダイヤ？」

「ああ、これ？　まあね」

「ひえー、高そ〜。百万円くらい？」

「バッカねえ。そんなにするわけないじゃん。夫がバーゲンで買ってきたのよ」

「すげー。愛されてるんだねえ」

「違うって。罪滅ぼし」

「罪滅ぼし？　なにそれ」

私と同様、未だ独身者のヤッチンが目を丸くしてノッコに訊ねると、

「わかるわかる、ウチもときどきね」

既婚者カジドンがしみじみと共鳴した。

「ヤッチンもワタベも、もう結婚なんかしなくていいんじゃない？　うらやましいなあ。自分で稼げるなんて、偉いよねえ」

「そんなこと言われても、一度くらいは結婚したいよ、ねえ、ワタベ」

私はヤッチンと顔を見合わせて頷き合う。

「ねえ、罪滅ぼしってなに？」

ヤッチンが突っ込むと、カジドン、ノッコ、ゴリの既婚者三人組が、「ねええ」と共鳴し、

「いろいろあるのよ、結婚すると」

三部合唱のように返ってきた。

「あら、ウチはないけど」

もう一人の既婚者であるのほほんユウちゃんが明るく異を唱えるや、

「あーら、ごちそうさま！」

残る五人で合唱。

「あ、お帰りなさーい」

ゴリの声に玄関のほうを振り返ると、長い前髪をかき分けながら、学ランを着た長身

の少年が台所へ姿を消した。

「やだ、亮君《りよう》、大きくなったねえ。もう高校生？」

少年に向かってユウちゃんが聞くと、「中学三年」と代わりに母親のゴリが答える。

「イケメンじゃない。モテるでしょう」

「さあねえ、どうだか。亮、手を洗ったら、そこにカレー作ってあるから。自分で食べて。サラダは冷蔵庫に入ってるから。わかった？　わかったら返事は？」

まもなく「あとで食う」という低い声と同時に冷蔵庫のバタンと閉まる音がしたあと、亮君の姿は廊下へ消えていった。

「もしかして、反抗期？」

中学生の女の子のいるユウちゃんが、ゴリの耳元で囁いた。

「うーん。反抗期ってほどじゃないと思うけど。なんかどんどん無愛想。もう母親はうざい存在以外の何者でもないみたいよ。お宅は女の子だからいいわよね。ああいう態度、とらないでしょ？」

「でもウチの子も、そろそろ親離れの時期みたい。親に干渉されるのすごく嫌うわね」

「で？　ワタべは？　最近どうなのよ？」

しばらく黙ってみんなの話に耳を傾けていた私のほうを、突然、ゴリが振り返った。

「え、私？」

急に振られたので、何を話せばいいのか頭の整理がついていない。仕事場の愚痴を吐いたところで理解してはもらえないだろう。人事査定で不本意なことがあったことなどを以前に話してみたけれど、専業主婦にはピンとこなかったみたいだ。大変ねえ。いつもその一言で終わってしまう。

「実はね、八十一歳になる伯父が骨折して老人病院に入ったんだけど、ウチの母は身体が弱いからあんまり世話ができなくてね。もっぱら私が病院通いしてて……」

仕事の話より、今、私の心に重くあるのは伯父と母のことである。

「えー、ワタベ一人で？　伯父様にはお子さん、いないわけ？」

最初に反応してくれたのはノッコだった。

「それがいないのよ」

「でもそれってワタベしかいないの？　世話する人」

「うん」

「やだ、大変じゃない」

するとユウちゃんとカジドンが会話に加わった。

「こないだテレビで介護問題、やってたけど、もう見てるとつらくなる。明日は我が身かって思うとね。ぞっとするわよね」

「ウチはまだ両親とも元気だしなあ。二人で船旅なんかして浪費しまくってるもん。子孫に財産を残しても争いの種になるだけだから元気なうちに全部使っちゃうって」

　カジドンの話にヤッチンがたちまち乗った。

「えー、船旅、憧れるぅ。ねえねえ、私たちも還暦過ぎたら、みんなで船旅しない？」

「いいねいいね。そのためにお金貯めようか」

「よっしゃあ」

　一気に歓声が上がった。

「で、ワタベ、さっきなんでブータンのこと、話題にしたんだっけ？」

　ゴリが口の脇についたピザのトマトソースをナプキンで拭いながら、突然、思い出したように私の顔を覗き込んだ。

「え？」

　私は少し考えた。それから言った。

「別に。ただ、こないだブータンの王様が来日したとき、ちょっと彼女のこと思い出したから」

「あの王妃様、なんであんなにきれいなんだろう。化粧品とか、どこの使ってるんだろう」

「バッカじゃないの、ユウちゃんったら。ああいうお方はお化粧しなくてもおきれいなの！」

ゴリが一刀両断し、続いてカジドンが、

「ブータンって一夫多妻制なんでしょ。だけどあの王様は、嫁は一人だけでじゅうぶんって言ったんですってよ」

「やだあ、ステキすぎるぅ。そういう王子様、どっかに残ってないかしら」

ヤッチンが叫ぶや、

「無理無理」

「いないいない」

「幻想幻想」

既婚者四人がいっせいに持っていた箸を横に振った。そしてその後二度と、同級生ブータンの話に戻ることはなかった。


今、自分が置かれている境遇に似た人と仲良くなる。女がともだちを作るときの条件は、基本的にそこにある。家庭環境が似ていたり、結婚できない同士だったり、子供の教育に悩んでいたり恋愛で苦しんでいる最中だったり、あるいは職場の不満が共通していたり。つまりただいま現在の悩みを共有できることが、女にとってともだちになる大切なポイントになりやすい。

そうそう、わかるわかる。

あら、あなたもそうだったの？

相手が自分と同様の苦しみを抱えていると知るやたちまち親しみが湧き、距離が縮む。ところが、というより、だからかもしれない。状況が一変し、悩みの深さや種類にズレが生じ始めると、たとえば片方が結婚を成就して片方が取り残されるとか、片方だけが叶わぬ恋から脱却するとか、共通の敵を失うとか、そうなると、たちまち冷めてしまう。女ともだちはそうやって、刻々と移ろっていくものなのである。


その晩、帰宅すると、母が台所の椅子に座って待っていた。

「やだ、寝てなかったの？」

酒臭い口を手でふさぎながら訊くと、母は私を恨めしそうに睨みつけ、

「だって、あんたが帰ってこないんじゃ、心配で眠れないわよ」

私は時計を見直した。まだ十時半である。そんな顔で睨まれるほどの夜遊びをした覚えはない。だいいち今日はゴリの家にみんなで集まるから晩ご飯はいらないよと朝、母には伝えてあったはずである。

「聞いてないわよ」

母がややヒステリックに言い返した。

「ご飯だって、たまにはアンタに迷惑かけないようにと思って、買い物もして、ちゃん

とハンバーグつくったのよ。それなのに、なんの連絡もしてこないで、こんな時間まで。ずっと帰るの、待ってたのに」

「やだあ。朝、私言ったよ。今日は同窓会だから遅くなるって」

「聞いた覚えはありません」

母の怒りは本格的である。このまま言い合えば水掛け論になるだけだ。とりあえず私が折れるしかないだろう。

「ごめんなさい。途中で電話すればよかったね」

母は感情的になると熱を出す癖がある。また体調を崩されたら、もっとやっかいなことになるのは目に見えている。本来は気立ての優しい母なのだが、自分の意に添わないことが起きるとたちまちパニックになる。そういう神経質なところに父は嫌気が差したのではあるまいかと、私はときどき想像する。

「とにかくもう遅いから。今夜は寝てくださいね、母さん」

なんとか母をなだめて席を立たせると、私は風呂場へ向かった。

シャワーを浴びながら考えた。最近、母のもの忘れが多くなった気がする。通院している医院の予約日を二度続けて間違えていたし、冷蔵庫の中に豆腐や牛乳が二つ並んでいることが度重なった。なぜ二つも買ったのかと訊ねると、ないと思って買ってきたらあったのよと、苦笑いしていた。寄る年波のど忘れに過ぎないと気にも留めていなかったが、このところの忘れ方は今までとは種類が違うように思われる。固有名詞や漢字が出てこないのはまだしも、使い慣れているはずの携帯電話の電源がどこだかわからなくなったと突然言い出したり、今日のように朝、話していたことが完全に頭から抜けていたりする姿を目の当たりにすると、ドキッとする。緑伯母に聞かれたときは否定しておいたけれど、本当のところ私も少し疑っていた。もしかして認知症が始まったのではないか。母は今年で七十二歳になる。脳の働きが衰え始めてもおかしくない年齢ではある。一度、専門医に検査してもらったほうがいいだろうか。もし母が認知症だとわかったら、はたして伯父と母を抱えて私は仕事を続けることができるのだろうか。


「さだまさしって、好き?」

唐突に、ブータンが手元の歌本をめくりながら聞いた。

「え?」

ブータンに誘われて、病院の近くにあるカラオケボックスに来ている。ブータンは仕事が早く終わった日などにときどきこのカラオケボックスに一人で来るという。

「一人カラオケ?　恥ずかしくない?」

訊ねると、

「ぜーんぜん!　むしろ誰にも気兼ねしないで思い切り歌えるから、すっごくスカッとするの。これが私の唯一のストレス発散法かも。ねえ、ワタベ、行こうよぉ。行ったらわかるって」

断ることもできたはずである。もともとカラオケというものにさほど興味がない。歌に自信がないせいもある。だから積極的に行きたい気分にはなれなかった。それなのに、気がついたらブータンの誘いに乗っていた。

私は今、個室にブータンと二人きり。密室で二人になるのは初めてかもしれない。

結局、マイクを持つのはもっぱらブータンで、私はブータンに無理やり勧められてピンク・レディーの「ＵＦＯ」を振りつきで一緒に歌ったが、ブータンが言うほどスカッとはしなかった。レモンサワーを飲みながら、私はひたすらブータンの歌の聴き役に徹している。

「さだまさしの歌で何が好き？」

ブータンの問いに、

「さだまさし？　えーとねえ」

考えた。さだまさしといえば、知っているのは「北の国から」と「精霊流し」と「秋桜《コスモス》」くらいかな。私が一生懸命に思い出して曲名を挙げるその横で、ブータンが高らかに宣言した。

「私、さだまさしの『片恋《かたこい》』って歌、好きなんだ」

「片恋？」

訊き返すまもなく、もはや大画面に「片恋」の文字が現れて、前奏のギターの音色が部屋中に響き始めた。ブータンはマイクを持ち、背筋を伸ばし、それから二、三度、咳払いをして喉を整えると、画面の歌詞の点滅に合わせて歌い出した。

「こんなに恋しくても　届かない心がある」

聞いたことがあるようなないような。でも切なくて優しくて、心が穏やかになる歌だ。が、なにより驚いたのは、ブータンの少女のような透き通る声にこの歌が異様に合っていることだった。音程がというより、雰囲気がブータンにしっくりはまる。

「ここがね」と、ブータンが突然、歌の途中に話しかけてきた。と思ったら、

「あーーーーーーーなたに届け」

突然、ものすごい勢いで声のボリュームを上げた。反射的に私は身を引いた。急にオペラ歌手か、ブータン。

「ここ、すっごく息をためておかないと歌い切れないの」

と早口で言った直後にまた、

「あーーーーーーーなたに届け」

オペラ歌手が歌い上げた。そして再び早口で、

「このフレーズのちょっと前あたりから、いっぱい息を吸い込んでおくの」

「へえ」

そしてまたブータンは歌に没頭した。けっこう難しい歌なんだ。少女とオペラ歌手を交互に混ぜるブータンの歌声を聞くうち、しっとりとした美しいギターの音色が流れ始めたと思ったら曲が終わり、ブータンが満足そうにマイクをテーブルに置いた。

「あー、気持ち良かった！　この歌、すっごく身体にいいの」

「身体にいい歌なの？」

「人間ってね、気持がつらくなると、つい息を吸い込むばっかりになっちゃうの。でも、いっぱい吐かないとダメなのよ」

「深呼吸が大事って話？」

「そうそう」

ブータンがすっくとソファから立ち上がった。ダンサーのように背筋を伸ばし、両手を身体の前に広げた。

「こうしてね。吸い込む前に、まず吐いて。吐いて吐いて吐き切って。身体の奥からつらいことや悲しいことをぜんぶ外に放出するみたいな気持でぜんぶ、ぜーんぶ吐き切って」

思わず私も立ち上がり、ブータンを真似ながら手を広げ、息を吐き出す。

「そうしたら、今度は新鮮な空気をいっぱい身体に取り込むの。こうやって体内のむしやくしゃを全取っ替えすると、すっごく気持がよくなるんだよ」

私はブータンの言葉に従って、口をすぼめてもう一度、少しずつ息を吐いてみる。

「そうそう。吐くときは口からね。吸うときは鼻」

私は息を吐き続ける。吐く。まだ吐けるか。もう少し。でももう限界だ。ふっふっふと最後の息を出し切ったとき、

「そしたら今度は足の裏側から大地の息吹を吸い上げるようにして、ゆっくり鼻で息を吸い込んで。そうそう。もっともっと！　まだいける！」

「もう……無理！」

「無理じゃない！」

厳しいブータンの指導のもと、私は息を吸い上げ、吸い上げ、そしてとうとう降参した。反動ですべての息を口から吐き出し、ソファに倒れ込んだ私に向かい、ブータンが、

「どう？　気持いいでしょ？」

私はブータンの問いには答えずに、呼吸を整えながら訊き返した。

「どこでこんな呼吸法、覚えたの？」

ブータンはゆっくり首を傾けると、

「どこって、いろいろ。いろいろ混ぜて、私流にアレンジした」

「へえ、ブータンが考案したんだ」

「考案したわけじゃないけど」

ブータンは私の顔を見ながら、自ら大きく深呼吸をしてみせた。精一杯息を吐き切ると、なにやら真面目な顔で私に向き直った。

「私、ワタべに話しておきたいことがあったの」

「え？」

私は身構えた。不穏な空気が漂う。なんだかわからないけれど、直感的にこういう場面は避けたほうがいいような気がした。

「実は……」

ブータンがそう言いかけたとき、タイミングよく部屋の電話が鳴った。

「はい？」

受話器を取ると、

「お時間ですが、延長ご希望ですか？」

私は腕時計を見る。いけない、もうこんな時間だ。また母を怒らせてしまう。今日は遅くならないと言って出てきたのだ。

「いえ、帰ります」

受話器に向かって返答すると、私はソファの隅に広げていたコートとバッグを一気に抱え込んだ。

た。

「やばい、私、帰らなきゃ」

ブータンは「うん！」と応えて大きなトートバッグを肩にかけ、私の後ろをついてきた。

カラオケに行った日の翌週の日曜日、病院へ行くとブータンはいなかった。今までにも日曜日にブータンが休んだことはある。私とて伯父の見舞いをサボった週もある。互いにそういう日はあった。

ブータンとは携帯電話番号の交換をしていなかったし、メールアドレスやＬＩＮＥも知らない。だから連絡は取れないが、別にさほど親しい仲ではないし、ここで会えればじゅうぶんだと思っていた。ところがその翌週も、その翌週もブータンの姿は見当たらなかった。さすがに気になってリハビリ室の別のスタッフにさりげなく聞いてみたところ、なんかご家庭の事情でしばらく休むとか言っていたみたいですけどねと、それくらいしか教えてくれなかった。従業員の個人情報を漏らすのは禁止されているのかもしれない。でも、それならそうと、ブータンが私に伝言ぐらい残してくれればよかったのにと、最初の頃は腹立たしく思った。しかしその腹立ちは、まもなく自分自身へ向いていく。

ごめん、ブータン。今度会ったときは、ちゃんと聞いてあげる。ブータンが言いかけたこと、それから私がずっとブータンに言いたかったことを話す。あのお財布盗難事件のとき、ブータンが犯人じゃないって、みんな知ってたんだよ。ブータンは何も悪いことしていないのに疑われて可哀想だって、みんな思ってたんだよ。でも誰も、ブータンにそう言ってあげられなかった。遅すぎるかもしれないけど、そのことをちゃんと伝えなくちゃいけないって思いながら、ずっと黙ってた。だから今度会ったとき、ちゃんと言う。


「なあに、その歌?」

後ろで母の声がした。いつのまにか私は口ずさんでいたらしい。

「ああ、これ?」

私は洗面台できれいに洗浄した入れ歯を伯父に「はい」と手渡してから、答えた。

「この歌ね、『片恋』っていうの。いい歌でしょ?」

「そうね」

珍しく体調がいいという母を連れ、伯父のところへ京樽の寿司折を持って一緒に見舞いにきた。ベッドの傍らのテーブルに寿司折を広げ、伯父をベッドから下ろして車椅子に座らせて、お茶を淹れ、さて私も座ろうと思ったとき、母が、

「あたし、ちょっとお手洗い」

するとおじが、

「ミッちゃん、場所わかるのかい？　お手洗いの」

「あら、失礼ね、それぐらいわかりますよ。何度も来てるんだから。廊下を出て、ちょちょっと行ったとこでしょ」

母は右手を払うように振り、そう言い残して病室を出て行った。その後ろ姿が消えた頃、伯父が私の顔を見上げて言った。

「万里ちゃん、悪いけど見てきてあげて。アイツ、きっと迷うよ。見つけられたとしても、流し方がわからんだろう。最近ちょっと、お宅のお母さん、心配だから」

「あ、はい」

伯父は気づいているのだろうか、母の頭が壊れ始めていることを。私は慌てて母のあとを追う。

伯父の言うとおりだった。母は流し方がわからず、出てくるまでだいぶ時間がかかった。私は個室の外から大きな声で、「母さん、大丈夫？　鍵開けて。大丈夫？」と問いかけたが、「大丈夫よ」と答えてからまた時間をかけ、私は外で忍耐し、そしてようやくジャーッと水の流れる音がしたときはホッとした。

「やれやれ。最近のお手洗いって便利そうで不便ねえ」

母は文句たらたら病室へ戻ると、ゆっくりテーブルについた。勉伯父はその様子を車椅子に座ったまま静かに見守って、母が落ち着いたのを見計らうと、「じゃ、いただきましょうかね」と号令をかけた。私は茶巾寿司を一口食べ、またすぐに立ち上がる。伯父がティッシュを取ってくれと言ったからだ。ティッシュ、ティッシュ、どこにある？探しながらまた無意識に歌っていたらしい。

「それ、何の歌なの？」

母が聞いた。すかさず伯父が、

「さっきも聞いていたじゃないか。さだまさしの『片恋』って歌だってさ」

恐るべし、伯父の記憶力。

「あらそう？　私は今、初めて聞いたけど」

「そんなことはない。さっきもミッちゃん、同じことを万里ちゃんに聞いていた」

「いいえ、初めて聞きましたよ、私は。だってそんな歌、知らないもの」

「まあまあまあ」と私は間に入ってティッシュの箱を伯父に手渡す。

「この歌、すっごく気持いいんだよ。呼吸が大きくなるし、気分がスカッとするし。母さん、歌ってみない？」

「いやですよ。私、歌は苦手」

私は笑いながら伯父に訴える。

「ねえ、母さんって昔からこんなにネガティブな人だったの？」

するとと伯父は震える手で茶巾寿司の薄い玉子の膜をはぎ取ってから、

「そうだねえ。三つ子の魂百までだ」

勉伯父が中の海老を箸に挟んで、ようよう口に運んだ。

「なあに、私の悪口言ってるの？」

こういうときだけ母は反応が早い。でも母は勉伯父といるときはなんだか楽しそうだ。これからはもう少し二人で会える時間をつくってあげよう。あと何回、こんな長閑《のどか》なひとときを過ごせるかわからないんだから。心の中で決めながら、私は秘かに、ブータンに習った深呼吸をしてみる。鼻から吸い上げて、もっと、もっと、もっと。そして思い切り吐き出す。

「そういえば万里ちゃん」

伯父がベッドのほうを指さしながら私を呼んだ。

「そこの抽斗《ひきだし》に白い封筒が入ってると思うんだけど、ちょっと取ってくれる？」

はい。私は飛んでいって抽斗を開けた。白い封筒はたしかにあった。上書きには「ワタベへ」と手書きの文字が記されている。

「これ？」と私が伯父の手元に持っていくと、「ああ、それそれ。万里ちゃん宛だ。預かってたの」

「誰から？」

「あんたのおともだち。だいぶ前に届けにきたんだけど、渡すのを忘れていた」

私は封を開け、四つ折りにされた薄い便箋を広げて読み始めた。

「ワタベへ。突然、いなくなってごめんなさい。ちょっと事情があって、急に引っ越さなければならなくなりました。引っ越し先はまだ決まっていないので教えられません。でもきっとまた戻ってこられると思うから。そのときはまた会ってください。カラオケもつき合ってください。私、ワタべと再会してからずっと楽しかった。こんなに楽しかったこと、人生で初めてです。もしもワタベが私と同じ気持じゃなかったとしても、私は幸せです。ブータンの幸せエレベーターはただいま地上三十階くらいまで上昇しました。ありがとう」

そのあと一行開けて、追伸。

「あの歌でいちばん好きな歌詞は『こんなに悲しくても　口ずさむ歌がある』ってところ。つらくなったとき、思い出してみて」

私は便箋を畳み、伯父の顔を見た。私が手紙を読んでいる間、ずっと伯父の視線を感じていたからだ。

「なんだって？　ブータンちゃん、もうリハビリ室には来ないのかい？」

「うん。なんか引っ越したみたい」

「ブータンちゃんって、誰のこと？」

母が伯父と私の顔を見比べて聞いた。私が答えようとしたら、

「万里ちゃんのことを、すっごく大切に思ってくれていたともだちだよ。そうなんだろ？」

一瞬、私は伯父の顔に向かい、目を見開いた。なんてこった。そして私は答えた。

「すっごくね。そうなんです」

ラインのふたり

嶋津輝

終業時刻より十五分早く予定の個数が捌《さば》け、早めに帰れることになった。給料は時給ではなく日給計算なので、ラインの作業員全員が得をしたかっこうだ。中年の女性たちがいっせいにエプロンを外し、壁際のロッカーから各々のかばんを取り出していく。

亜耶《あや》は霧子《きりこ》に目配せもなく、足早に倉庫から出ていった。他の人々はみな正門に向かうが、亜耶だけは群れから離れ、倉庫の右側に回っていく。霧子も一定の距離を置いてそれを追いかける。

広大な駐車場の端っこに、えんじ色の古い軽自動車が停まっている。その小さな旧式のミラは、一度も洗車していないのかというくらい凄まじい砂埃《すなぼこり》を被り、遠目にも妙な存在感を放つ。

霧子が早歩きでミラにたどり着いたとき、亜耶はもう運転席に納まっていた。

霧子が助手席に乗りこむと亜耶は、

「五時過ぎるまで待とう」

と言い、霧子の前に手を伸ばしてグローブボックスを開ける。

亜耶は〝かにぱん〟を取り出し、念入りに磨きこまれた爪を立てて袋を破った。空腹が過ぎると手足が震えて運転に差し支えるとかで、車に乗りこむと同時に何かしら食べ始めるのだ。

五時を過ぎ、駐車場にぽつぽつ人が現れはじめた。

亜耶は胴体だけとなったかにぱんをサンバイザーに挟み、キーを回すやいなや発進し、車の群れにまぎれて守衛の前を通り過ぎる。スピードはさほど出ていないが、ミラはアクセルをベタ踏みしているかのような甲高いエンジン音を響かせ、窓は小刻みに振動する。

工業団地を抜けたところで、横浜駅西口行きの路線バスに追いついた。

霧子が助手席から見上げると、同じラインにいたであろう作業員たちがぎゅうぎゅうに詰まっている。自動車通勤が許されているのは正社員だけで、日雇いのアルバイトたちは公共のバスを利用しなければならないのだ。亜耶はルール違反が露見しないよう、なるべく正社員に紛れて車を出すようにしている。

霧子たちは横浜駅近くの路上パーキングに車を停め、夕食は何にしようか相談しながら繁華街方面へ歩く。ドラッグストアの前を通りかかったところで亜耶が突如店内に吸いこまれ、特売品でもあるのかと霧子もついて行くと、

「これこれ、なつかしい」

と、亜耶がシャンプー売り場を指差した。

光を放つ爪の先にある紫色のボトルを見て、霧子は一瞬何のことかわからなかったが、商品のロゴマークを眺めているうち記憶が甦ってきた。

「ああ、あのときの」

「ね。ちゃんと定番として生き残ってるんだね」

亜耶はシャンプーのボトルを手にとり、成分表示の欄を読もうとして目を細め、「見えない」と呟《つぶや》いて陳列棚にそれを戻した。

霧子は、このシャンプーが発売されたときの試供品を詰めるアルバイトで、亜耶と知り合った。


そのころ霧子は横浜に引越してきたばかりで、就職先を探していた。繋ぎとして短期の職も物色しており、コンビニに置いてある無料のアルバイト情報誌で「倉庫内軽作業」という求人を見つけたので応募してみた。一日だけでもＯＫ、給料即日払いという手軽さが気に入った。

初めての仕事はシャンプーの試供品のセット作業で、ラインの大半は一回分の使用量のシャンプーとコンディショナーがシート状につながっているのをミシン目から裂き、一組ずつに切り離す作業をする。霧子がたまたま立ったラインの末尾は、厚紙のケースを折って試供品を詰めこんでいく係だった。

霧子はわりとすぐ作業にのめりこんだ。

あっという間に昼休みの時間になり、二階の休憩室に移動し弁当を広げる。職場周辺にはコンビニひとつないから、昼食は各自持参するよう言われていた。肉体労働ゆえ腹持ちするものばかり持ってきており、メインはピーマンの肉詰めである。数日前、テレビで場末のスナックの人気おつまみとして出てきたのが美味しそうで、前の晩から仕込んでおいたのだ。

隣の女性は、旅行のパンフレットを読み物としてわざわざ持ってきたのか、温泉の写真が載ったページを行きつ戻りつしながら丹念に眺めている。そのパンフレット脇に置かれたステンレス製の弁当箱には、ピーマンの肉詰めがぎっしり並んでいた。同じ番組を見たのだろうか——肉詰めの数がいやに多いのも気になって、霧子はつい見てしまう。箸を往復させるふくよかな手首と花柄のエプロンが目に入ったが、顔までは覗き見なかった。

午後も同じ持ち場で、作業に慣れてきた霧子はときに手持ち無沙汰になった。ラインの上流からシャンプー類の供給が追いつかないのである。

倉庫内では灰色の作業服の社員数名がラインを監視し、一番若そうで背の高い眼鏡の女性が、「ちゃんと手ぇ動かしてねー」と大声で言って回っている。

そう言うのならばシャンプー類をもっと潤沢に流してほしい、と霧子は不愉快になったが、じきにミシン目裂き係の人員が補充されたのか、ラインの流れが俄かに早くなってきた。厚紙をまとめて折るなどして作業の速度を上げると、正面にいるひとの手の動きもつられたように早くなる。花柄のエプロンを着け、腕まくりした手首がむっちりと張っているのが目に入り、さっきのピーマンの肉詰めのひとだ、と気がついた。

顔を盗み見ると、伏せた目は細く、丸い顎の下にたっぷり肉が溜まっている。無造作に束ねた茶色い髪、くっきり描かれた眉、青味がかったピンクの口紅。それこそ場末のスナックの、ベテラン名物ママのような容貌である。

霧子は、彼女の手元に目を奪われた。

全身肉づきがいいわりにすんなりと細い指が、楽器の早弾きのように絶え間なく動いて、シャンプー類を次々とケースに収めていく。指が綺麗という自覚があるのか、爪は楕円形に整えられ、光沢が出るまで磨きこまれている。

彼女は封入作業をしているというより、ただその美しい指をひらひらと動かしているだけのように見えた。霧子よりいくぶん年嵩なのだろうが、疲れも見せず軽やかに作業を続けている。ほとんどまばたきもせず乙に澄ました眼差しは、手元に集中しているというより、光る爪をうっとり見つめているようでもあった。

処理スピードは霧子とだいたい同じで、ライン中でおそらく最速のレベルにある。

霧子は、向こうもこちらを見ている気配をときおり感じた。

おかげで集中を保つことができ、昼食後から続いていた胃のもたれも徐々になくなり、やがて空腹を感じるようになったころ終業となった。

横浜駅に向かう帰りのバスは、ひどく混んでいた。

工事で一車線つぶれて車列が進まず、おまけにバスの暖房が効きすぎていた。人いきれに蒸され、空腹のためブレーキがかかるたび胃液が上がってくる。深呼吸して吐き気を抑えこもうとしたが、だんだん頭が締めつけられるようになり、視界が狭まる。嘔吐だけは避けなければ――と倒れこむようにして、窓を開けさせてもらった。

冷たい外気が入ってきて、ああ助かった、と思ったのも束の間、そこにいつの間にか降り始めた雨粒が混じっていることに気がついた。すぐに窓を閉じなければ、と思うが、もう少し冷たい空気を吸わなければ、ほんとうに、ここで戻してしまう。

必死に深呼吸を繰り返していると、開けた窓の脇に座っている男性が、

「あの、濡れるんで閉めていいですか」

と、迷惑顔で言ってきた。

霧子は、あとちょっとだけ、とすがりつくような思いで男性を見た。しかし男性は、非難に満ちた眼差しで霧子を見返している。いっそ次のバス停で降りたいが、身動きすらままならない状況で出入口にたどり着くのも絶望的に思えた。前かがみになり、息も

たえだえに窓を閉めようとする。そこへ、

「我慢しな」

と、すぐ後ろから声が飛んできた。

今にも戻しそうな霧子の様子を見て、吐くのは我慢しな、と誰かが言っているのだろうと思った。

声のほうに首を捻じ曲げて見ると、スナックのベテランママ然とした、あの仕事の早いひとの大きな顔が、すぐそこにあった。

ママは霧子の肩をつかんで、窓を閉めようとしているところを止めた。

「このひと、車酔いしてるの見ればわかるでしょ。ちょっとの雨ぐらい我慢しなよ」

低い声で、座っている男に向かって言っているのだった。

男はおびえる目で彼女を見上げたのち、舌打ちしてさも忌々しそうにフリースジャケットの首元を引き上げ、そこに顔を埋めて寝たふりを始めた。

「……すみません」

と霧子は誰に言うともなく呟き、しばらく外気を吸わせてもらった。

バスを降りてから礼を言うと、彼女は何の反応も示さず、霧子の顔をじっと見てから訊いてきた。

「このまま給料貰いに行く？」

「──事務所の場所わからないんで、一緒に行っていいですか？」

「え、ひょっとして今日が初めてなの？」

細い目を剝《む》いて驚いている。

彼女は道すがら、こういった日雇いの軽作業をもう二年くらい続けている、と話した。どうりで仕事が早い、と霧子が納得したのを見てか、

「でもシャンプーの試供品は今日が初めて」

と、つけ足した。

事務所は細い雑居ビルにあり、彼女はカウンターに置かれた用紙に「山田《やまだ》亜耶」という氏名と住所を書き入れ、事務員に免許証を見せて日給を受け取る。霧子も真似して免許証と印鑑を出し、今日一日の労働の成果をむきだしの現金で受け取った。

それを財布にしまうと給料はもう他のお札や小銭に溶けこんで、つい先ほどまでラインで働いていたことなど忘れてしまいそうになる。

霧子は事務所を出ようとした。するとそれを亜耶が引き止め、カウンター脇に掲示されたスケジュール表を指差して「来週月・火のって、今日と同じ倉庫ですよね？　じゃあ、この二人入れといてください」と、仕事の登録をしようとする。霧子は慌てて、

「あ、私はもう今日で辞めようと思ってるんです」

と亜耶を止めようとした。もう、あのバスには乗りたくない。しかし亜耶は、

「まあまあ、いいから」

と、霧子を押すようにしてちょうどドアが開いたエレベーターに乗りこんでしまう。

そして、

「辞めたいのって、バスがいやだからでしょう？」

細い目をさらに細めて覗きこんでくる。

「まあ、そうですけど……」

「あなたの家も西区でしょ？　うちの車に乗せてってあげる、って言ったら、どう？」

「えっ？」

「明日で免停が解けるのよ。来週からマイカー通勤に戻すから、一緒に乗っけてってあげる」

「え、でもバイトの車通勤ってだめなんじゃ……」

「あんなだだっ広い駐車場、バレっこないって」

通勤が楽になるのであれば、来週ぐらいまで続けてもいいか、という気になった。バスで救いの手を差し伸べてもらった恩もあるし、加えて、亜耶のカジュアルな雰囲気にくつろぎ始めていたせいもある。

結局バイトは、あれからおよそ半年続いている。

倉庫内軽作業従事者の朝は早い。五時半には携帯のアラームが鳴る。弁当を買って済ませばもっとゆっくりしていられるが、食べるものくらいは気を遣いたいし、もう、早起きはさほど苦にならない年頃である。

昨夜マリネしておいた鶏の胸肉を焼き、生野菜と一緒にトーストした食パンに挟む。お米は胃にもたれるので、パンにすることが多くなった。サンドイッチだけでは休憩時間の間がもたないから、カットしたりんごとメロンを、亜耶のぶんも含めて多めにタッパーに詰める。亜耶がガソリン代を受け取ってくれないので、たまにデザートになるものを二人前用意している。

洗いたてのエプロンと昼食をバッグに詰め、徒歩数分の浅間下の交差点に向かった。いつものガードレール脇に立っていると間もなく、ぼた餅にきな粉をまぶしたようなミラが現れ、霧子を拾ってゆく。

帰りも、一緒に食事するとき以外はこの交差点で降ろされる。互いがどの辺に住んでいるかだいたいわかっているが、家の前まで行き来はしない。

「今日からしばらくジャミラのとこの倉庫か……」

億劫そうに、エンジン音に溶けこみそうな声で亜耶が呟く。

〝ジャミラ〟というのは、ふたりが出会った倉庫で「ちゃんと手ぇ動かしてねー」とがなり立てながらラインを監視していた、大柄な若手女性社員のことである。日雇い軽作業の勤務先は市内各所の宅配業者から港湾地区の倉庫まで多岐にわたるが、ジャミラさんがいる倉庫に派遣される機会が多かった。

ふたりが行くたびジャミラさんは、「ちゃんと手ぇ動かしてねー」と律儀に声を張り上げている。ラインの流れがスムースで、みなが絶えず手を動かしているときでもそう言う。

当然聞かされるほうは面白くない。ジャミラさんの声が轟くと霧子と亜耶は手を止めずに目配せをする。もちろん帰りの車内では陰口を叩く。頻繁に話題に上るのでじきにあだ名がついた。灰色の作業服を着てラインを回る彼女を見て、霧子が「彼女、大柄なうえ肩幅あるから威圧感がすごいわ」とため息をついていたら、亜耶が「首が短いくせに肩いからせてるから、頭と繋がって見えるんだよ」と笑い、「ジャミラみたいだ」と言い出したのである。

霧子はジャミラと聞いてピンとこなかったが、あとから画像検索し、その初期のウルトラ怪獣の風貌を思い出した。塗り壁のような広い肩の真ん中に顔がはまりこんでいて、これはさすがにひどいと思ったが、結局ジャミラさんで定着している。

今日からの仕事は石鹸《せっけん》の箱詰めである。そう工夫のしようもなく霧子は張り合いがない。午前中が長く感じた。

昼休み、すっかり馴染んだ広い休憩室でふたり、カットフルーツをつまむ。正面に座る亜耶は通販カタログを広げている。

右手でりんごをつまみ、左手でページをめくっている。相変わらず磨きこまれた爪を輝かせながら、優雅な動きでページを繰り、おもむろに押入れ収納のページの角を折る。

そのとき左の肘が亜耶の水筒に当たり、それが倒れて机の上を転がっていった。

水筒は隣のひとの開封前の菓子パンに当たって止まった。亜耶は気づいていないのか、エプロンのポケットからペンを取り出し、商品番号を丸で囲っている。

隣は四十がらみのきつい顔立ちの女性で、スマートフォンから目線を水筒に移し、しばし亜耶と水筒を交互に見やった。亜耶はまだ俯いたまま、他のページの商品を見ている。

女性は眉をひそめて水筒を手の甲で軽く払い、水筒はごろごろと鈍い音をたてて元のほうへ転がっていった。しかし亜耶の肘に当たってまた菓子パンのところまで戻ってしまう。ふたたび目の前で止まった水筒を見て、女性は舌打ちし、

「ちょっと」

と尖った口調で亜耶に声をかけた。

亜耶はほんの一瞬水筒を見て、しかしページをめくる手は止めず、

「あ――、いま終わるから」

などと言う。

隣の女性はきつい顔をますます険しくして「はあ?」と身を乗り出してきた。霧子も呆れて「ちょっと、何言ってんの」と小声でたしなめながら亜耶の顔を覗きこむが、カタログから顔を上げようとしない。

すみません、と霧子が謝って、腰を浮かせて水筒をとり、亜耶の右側に置いた。女性は気が済まないのかしばらく亜耶を横目で睨み、やがて椅子をガタンと鳴らしながら立ち上がって列の端っこに移った。移ってからも、亜耶に殺し屋のような目線を送りながら菓子パンをかじっている。

亜耶は昼休みが終わるまでカタログを見ていた。

作業場に移動しながら霧子が、「自分の水筒が転がっていってんのに、いま終わるから、はないんじゃない?」と穏やかに非難したところ、

「だって、千円割引のクーポンが今日の夕方までなのよ」

けろりとして言う。

「そんなの、隣のひとに関係ないじゃない」

「そりゃそうだけど、他人の水筒が転がってきてるくらい我慢したっていいじゃない?どうせ昼休みの間だけなんだし」

霧子は一瞬詰まった。そもそも、期限ギリギリに注文するほうが悪いのでは? という反論がすぐ頭に浮かんだが、階段を降りる亜耶の薄くなりかけたつむじを見ていた

ら、何も言う気がなくなった。

出会った日、帰りのバスでの「我慢しな」は霧子を助けたが、今日のようなこともある。

もっとも、他人に我慢を強いるだけあって、亜耶には寛容なところがある。運転中どんなにマナーが悪い車がいても、苛つくことはない。ごく普通の速度で走っているのに(車はポンコツだが、亜耶の運転は割と上手い)、さんざんクラクションを鳴らしたあげく猛烈なスピードで追い越していくような車がいても、「あれは死ぬね」と鼻歌まじりに呟くだけである。

そんな亜耶でも、寛容になれないひとがいる。

今日も「ちゃんと手ぇ動かしてねー」と言って回っている、ジャミラさんである。

午前中は姿が見えなくて安心していたのだが、午後になると現れ、ふたりのラインの脇を通るときも声をがならせていた。

亜耶はプロ雀士のような華麗な手つきで石鹸を並べながら、忌々しそうな視線を霧子に向けてきた。そのあと霧子の後ろを通って行ったジャミラさんを、さっきの昼休みの女性のような険しい顔で、姿が消えるまで見送っていた。

「あたしは一流の人間が好き」

おまかせ十本セットが千百円の串揚げ屋で言うセリフではない。

「ジャミラの台詞には芸がない。だから好きじゃない」

連続勤務も数日が経ち、亜耶は苛立ちを募らせていた。

ジャミラさんの非は、「ちゃんと手ぇ動かしてね〜」と、不思議な抑揚をつけて偉そうに言って回る、この一点である。たしかに、芸がないといえば芸がない。

「だいたい、あの鼻にかかった言い方がムカつくんだよ」

「ああ、あの、駅のホームのアナウンスみたいな」

「そうそう。二番線、電車入りますので白線の内側までお下がりください〜、ちゃんと手ぇ動かしてください〜」

「はは、似てる。あとアレ、ボクシングのリングアナは？」

「赤コーナー、千三百六十パウンド〜、挑戦者〜、ちゃんと手ぇ動かしてね〜」

「ふ、うまいうまい。でも千三百って、桁がぜんぜんちがう……」

笑っていても霧子はすぐ気がふさぐ。

「それに、今日のはいくらなんでも失礼だよ。目上に向かって」亜耶はふたたび憤る。

今日、いつもは空に向かって吐かれるようなジャミラさんの例の言葉が、霧子だけに向けられてきた。

言い訳ではないが、霧子は体調が優れなかったのだ。

遂にあがったか、と思っていたものが、昨晩三ヶ月ぶりにやってきた。間隔が開いたぶん凝縮されているのか、生理痛がひどく重かった。

あまりにつらかったので昼休みに鎮痛剤を規定量の倍飲んだ。今日の作業はボディーソープと石鹸の箱詰めだったが、ふだん飲まない薬が効きすぎてぼうっとしてしまい、ボディーソープのボトルをつかんだまま動きが止まっていることに自分でも気づかなかった。

ジャミラさんの声が遠くから聞こえていた。それが徐々に近づいているような気はしていたが、ぼやけた頭にはまだ距離があるように感じていた。急にすぐそこでズック靴の底が擦れる音がし、身構えた瞬間、

「ちゃんと手ぇ動かしてねっ」

聞きなれた言葉が耳の真横から飛びこんできた。

霧子は立ったまま身体が眠りかけていたのか、みっともないことに全身がびくっと震え、横を見ると、至近距離にジャミラさんの顔があった。

縁なし眼鏡の奥の小さい目が、射るように霧子を凝視している。

狼狽《うろた》えた霧子は「すみません」と謝ってすぐに箱詰めを再開した。しかし終業まで調子は出ず、作業スピードを上げる意欲も湧かなくて、萎《しお》れたまま一日を終えた。

夕方になっても身体はだるいままだったが、家で夕食を作る気にもならず、亜耶の誘

いに乗って串揚げ屋に来ている。

亜耶はごつごつした四角い形の串揚げをかじり、その中身を見て目を剝いて「なんと、シュウマイ」と、こちらに断面を見せてくる。

岩石のような串揚げを食べる元気は霧子にはなかった。ジャミラさんの冷ややかな目線が、いまも脳裏に迫っている。

なんというか、容疑者の手配写真みたいな無表情だった。

そして間近で見る頰は、本家のジャミラと違って思いのほか肌理《きめ》が細かく、若々しかった。

あんな若い子に、あんな叱られ方をして――。

しかも、普段はラインのなかで一番仕事が早いのに――。

霧子は泣きたくなった。運転する亜耶に遠慮していつも酒は我慢しているが、今日は飲みたい気分だった。

「ジャミラのやつ、あんたが一流だから嫉妬してんのよ」

亜耶が思いがけないことを言う。

「一流って、ただ単純作業が早いだけでしょ」

「いや、一流だね。あたしがミラに乗せたのはあんただけだから」

亜耶はそう言うが、霧子は、きまった時間のなかでひとつでも多くの完成品をつくろうと結果を求めているだけだ。一流二流の話ではなく、ただの心がけの問題である。

家に帰ってから、良くないと思いつつ鎮痛剤といっしょに結局酒を飲んだ。酔いが回酔いが回ってみると改めて亜耶の言葉が思い出され、霧子は嗤《わら》った。

霧子に言わせれば、亜耶こそ一流である。

霧子は凡才をやる気で補っているだけで、亜耶のあの見事な手さばきこそ天与のものである。

なんでそんなに早く手を動かせるの？　と、帰りの車中で訊いたことがある。

ただ乱暴に早く捌くだけなら理解できるが、ひらひら舞うようにあれほど素早く、しかも正確に作業をこなせるのは不可思議ですらある。亜耶の過去にもちょっと興味がわいた。

亜耶は赤信号でしばし考え込み、発進すると同時に、

「やっぱ生まれつき手先が器用なのと、目もいいんだろうね。シャゲキだってすぐに上手くなったから」

「シャゲキ？」

今はもう老眼だけどね、と嗤う亜耶に、シャゲキって、あの、射つ射撃？　と霧子が問うと、そう、高校と大学で、ライフル競技やってたんだ、と話し出した。

高校に射撃部があったが、部員は三年生の男子が二名と二年の女子一名きりの弱小部

だった。十五歳の亜耶は射撃になど興味はなく、そもそも部活動すらやる気はなかったのだが、射撃部の顧問である美術教師がひどく好みだったらしい。

「もう定年間際のオッサンなんだけど、露口茂《つゆぐちしげる》ばりに渋くて、そりゃあ素敵だったの」

亜耶はうっとりと話す。

入部したとたんに亜耶は頭角を現し、高二、高三と全国大会にも出た。優勝は逃したがそれなりの成績を残し、スポーツで有名な国立大学に推薦入学を果たした。他競技を含む一流のアスリートに囲まれて学生生活を送り、本物を見る目が養われたそうである。

射撃は卒業と同時に辞めた。警官や自衛官になる道もあったが、迷った末どちらにも進まなかった。

「二十歳過ぎてから太り出したしね。きつい訓練に耐えられそうにないし」

卒業後は短期の派遣やアルバイトを転々とし、ようやく落ち着いたのがいまの軽作業だという。霧子は意外な経歴にただ吃驚《びっくり》して、露口茂似の渋い顧問、とやらについて詳しく聞くのを忘れてしまった。

その次の日、亜耶は車の後部座席に高校の卒業アルバムを乗せてきた。

「ね、素敵でしょう」

部活動のページを開いて見せてくる。バトントワラー部の部員たちの華やかな写真の隣に、亜耶と、たしかに「太陽にほえろ!」の山《やま》さんに似た、顧問の先生の写真があった。

他の運動部員はユニフォーム着用なのに、なぜか亜耶はブレザーの制服姿で、短めのウェーブヘアにツイードのジャケットを着こんだ顧問と二人並んで写っている。卒業アルバムの部活動ページのなかで、その一枚だけが明らかに異色だった。しっとりとセピア色を帯び、そのくせ妙にピントが合って、出征前夜の記念撮影でもあるかのように時代がかっている。霧子はなによりツーショットという点が気になり、「ふ、ふたりだけ？」と尋ねると、「後輩が入部してこなくて、三年生のときはずっとふたりっきりだったの」と遠い目をする。

いまより痩せていて髪も黒い亜耶は、残念ながらとくに可愛くはなく、あどけなくもなかった。アルバムを閉じて返すとき表紙の卒業年度が目に入り、自分と亜耶がそう年が離れていない事実を知った。亜耶のことを場末のスナックのベテランママのようだと思っていた霧子には衝撃であった。

あのときの妙に古めかしい写真を思い出し、鎮痛剤が効いてきた霧子は、ニヤつきながら眠りについた。

週末は、西口の繁華街にある大型スーパーで食材をまとめ買いする。

買い物袋をふたつ下げ、土曜日も開いているハローワークに寄ってみた。就職活動はいちおう継続していて、月に一回は求人を閲覧に来ている。

いつも通り、百貨店・スーパーの職種を探すが、霧子が望むような求人はない。この業種で、霧子の年齢で応募できそうなのは、パートの募集だけだ。

たまには窓口の職員に相談してみようかな、と腰を浮かすが、袋のなかの肉や魚が気になり、端末検索にとどめておくことにする。

かつて霧子は、大手スーパーでパート従業員たちを束ねていた。シフトを決め、新人の研修をし、相談を持ちかけられれば乗っていた。パートという身分を軽く見ていたわけではないが、いまさらあの位置に自分が収まることには抵抗がある。

総合職という名称ではなかったがいわゆる幹部候補職で、新卒で入って惣菜の調理補助から始まりレジや商品の陳列、在庫管理から発注など一通りの仕事を徐々に覚えていった。パートとアルバイトの取りまとめも任され、店舗の異動もした。店舗展開は関東全域に及び、霧子は地元の神奈川から東京、千葉の店舗を転々とした。千葉はさすがに遠かったが、横須賀線《よこすかせん》がそのまま総武線《そうぶせん》快速につながるのでなんとか自宅から通勤できた。

それが勤続二十五年を超えたころ、栃木《とちぎ》県内の店舗へ異動辞令が出た。

初めての転居を伴う異動を、霧子は前向きにとらえた。あらゆる地域の特色ある店舗を経験し、おそらく次は東京や神奈川に戻って、ついに店長にさせてもらえるのだろうと。

　だが栃木の店舗では、曖昧で場当たり的な仕事しか与えられなかった。

　ステンレス鍋の余剰在庫があるから捌くようにフロアマネージャーに言われ、ひとりでワゴンを引っ張ってきて特設売り場をつくり、何日もそこに立って客に声を掛け続けた。それでもたいして売り上げは上がらず、さぼっていたと責められ、わずかでも値引きできないか尋ねると、それは拒否された。

　その異動が、自主退職に追いこむための嫌がらせであると想像すらしなかったのは、我ながら世間知らずだったと思う。

　会社の業績が悪化しているのはもちろんわかっていた。不採算店舗はどんどん閉じられていたし、新卒の正社員採用はもう何年も行っていなかった。

　店長とフロアマネージャーが「飛ばされるとなったら辞めるだろうと聞いてたのに、本当に引っ越してきちゃって」と話しているのを立ち聞き、それが霧子のことを話していると悟ったとき、人生の半分以上を嘲笑《あざわら》われた気になった。呆然と過ごしているうち本社から希望退職者の募集が発表され、霧子はすぐに手を挙げた。

　退職後、すぐに地元の横浜に戻った。

　生家は戸塚区にある。庭付きの古い戸建で、両親と妹夫婦が共同で建て替えようという話になっていた。霧子が会社を辞めることを家族に報告しに帰ったところ、妹は、

「じゃあ姉ちゃんも名義に加わってもらって、みんなで一緒に住もうよ。もともと二世帯住宅じゃなくて玄関もキッチンもひとつにして、わいわい暮らそうって言ってたんだ」と、何の曇りもない顔で誘ってくれた。

でも霧子には出戻りのような気まずさがあって、今まで住んだことのない繁華街の近くに身を置いてみたかったこともあり、横浜駅から徒歩圏内の今のアパートに住み始めた。

日雇いの軽作業の収入では、家賃と光熱費ぐらいしかカバーできない。割増退職金も貰ったが、貯金を取り崩しながらの生活である。

すぐに定職に就きたいという逼迫感はない。望まない仕事でも、というほどの気概もまだ湧いてこない。スーパーで働けば、自分はすぐにでも役に立つという自信はある。

それでも一応端末で、職種ではなく地域だけを限定して検索し直してみる。

横浜市内という条件だけで見ると、種々雑多の職業が現れる。営業事務が多い。あとは保険の外交員や、病院の受付か。

とくに興味を引くものはなくページ送りをしたところ、ある求人に目が止まり、マウスを扱う霧子の手も止まった。

休み明け、ジャミラさんの倉庫での連続勤務も二週目に入った。

霧子は車に乗りこむやいなや「一昨日ハローワークに行ったんだけど」と喋り出した。するとまだ探してんだ」と、呆れたような口調で亜耶が言う。スーパーに正社員で就職したいということは、前の職場を辞めた経緯も含めてすでに話している。

貯金を取り崩して生活している、ということまでは話していない。

亜耶が母親と住むマンションは持ち家だし、食費や光熱費は親の年金で賄われていて、小遣いさえ稼げれば不自由はしないらしい。亜耶は当面日雇いの軽作業を続けるつもりで、そしておそらく、霧子にもそうして欲しいと思っている。

「――いまの職場で、正社員募集してたわよ」

「へえ。仕事内容は？」

「それがズバリ、あの灰色の作業服着て、ラインの監督したり、前後のもろもろの手配とか」

「ほお――」

亜耶が目を輝かせたのを横目で確認し、霧子は、

「受けてみたら？」

と言ってみた。

亜耶は信号で停車してから、「はあ？」と上半身ごとこちらに向いた。

「なに言ってんの？　あたしはラインの監督なんかやる気ない。箱詰めや検品やらせり

ゃ一流だし、いっしょに働いてるあんたも一流だからいまの仕事が好きなんで、ジャミラの同僚になんかなりたくない」

「——そっか、まあそうよね」

霧子はすぐに納得する。たしかに亜耶がラインから外れるのは惜しいし、万人にとって日雇いより正規雇用のほうが魅力的というわけではない。

「あたしはいまの話聞いた瞬間、あんたが受ければいいのに、って思ったよ。あんたならたぶん採用されるから、そんでジャミラの上に立ってやんなよ」

「私？　いや、私は就職するならスーパーって決めてるから……」

「だって、いつまで経ったって見つかんないじゃん」

「それは……まだ就活して半年だし」

「ねえ、あのさ。ジャミラのいつものセリフ、あれ、あんたの手が止まってるときに言ってるって気づいてないの？」

霧子は意味がわからず、ハンドルを切る亜耶の横顔を見る。

「あんたってたまに動きを止めて考えごとしてるでしょ」

「え、そうかな」

「してるって。たぶん手順をどうするか考えてるんだろうけど、たまに手元見てじっとしてる。そういうときを見計らってジャミラが怒鳴るわけよ」

「――え、それって、偶然じゃない？」

「最初はあたしもそう思ったけど、偶然なんかじゃない。ジャミラはあんたのこと意識してる。日雇いのラインのなかに明らかに自分より有能そうなやつがいて、気に食わないから、一瞬の隙をついて注意して、社員の威光を示してやろうって魂胆よ。こっちはちょっとばかり手を止めたところで全体的には他の誰より仕事量が多いんだから、文句言われる筋合いじゃないんだけど」

「えー、考え過ぎだって。そんな、魂胆とか、大げさな……」霧子は吹き出す。「だいたい、それならなんで有能な亜耶さんは目をつけられないわけ？」

「あたし？　あたしだって狙われてるかもしれないけど、あたしは声を挟む隙を与えないから」得意げに言う。

「それに、あんたはあたしと違って、なんか、長いことちゃんと社会人やってきたっていう、カタギの雰囲気がある。たぶんそこに目をつけられて……」

亜耶の憶測は止まらず、霧子は窓の外に目をやる。

ジャミラさんに我慢できなくなったら別の倉庫に行けばいいし、日雇い軽作業をずっと続けるつもりもない。しかし、亜耶にわざわざそう話す気にはならなかった。

連続勤務の最終日、亜耶はジャミラさんに、ささやかな反撃を試みた。

午前中、「ちゃんと手ぇ動かしてね〜」の一発目が出ていた。意識したせいか、それはたしかに、霧子が手を止めた一瞬に発されたように思えた。

亜耶を見上げ、ともに苦笑いを浮かべた。

昼に休憩室に移動するとき、亜耶は通路に積まれた段ボール箱に貼ってあるシールを、箱の表面を剝がさぬよう器用に取り外した。ごく短時間のさりげない動作で、霧子はとくだん気に留めていなかった。

亜耶はろくに会話もせず、カード会社の会報誌を読みながら弁当を食べる。弁当のあとは霧子が持ってきたブドウを一粒ずつ吸いこんでいる。目線は会報誌から外さず、淀みない動きでブドウの粒をちぎり取っては口に運び、残った皮は広げたティッシュの上に積んでいく。無造作な仕草だが、皮の山はみごとに三角錐の形に整っていた。

ブドウがなくなったのを見て霧子がティッシュを巾着状にまとめると、亜耶が小さな声で「ありがと」と言う。改めて礼を言われ、霧子は少し戸惑った。

今日はラインのいちばん端で、ふたり向かい合ってボディーソープやハンドソープを詰めている。

午後、またジャミラさんが通りかかり、亜耶が意味ありげにこちらを見るので、霧子は試しに手を止めてみた。するとジャミラさんが「手ぇ動かしてね〜」と発し、亜耶は眉間に縦皺を寄せて、睨むように目を細めた。

霧子は内心首を傾げた。いまジャミラさんは、霧子のほうを見ていなかったような気がする。霧子が手を止めたとき、作業服の後ろ側が見えていたような……やはりただの偶然なのだと思う。

そのときジャミラさんが亜耶の後ろを通りかかり、亜耶はそれを見送るように身体を反転させた。通り過ぎたジャミラさんの背中に触れるように右手をついと上げ、すぐ正面に向き直った。素早いが柔らかい、一瞬の、微かな動きだった。

去りゆくジャミラさんの背中に、何か赤いものが見える。

霧子は目を凝らす。赤地に白抜きで、文字が書いてある。

亜耶を見ると、左手の人差し指を口元に立て、右手はもうハンドソープを握っている。

霧子はふたたびジャミラさんの後ろ姿に目をやる。よく見ると、段ボール箱に貼る「水ぬれ厳禁」という赤いシールが、背中の真ん中に貼りついていた。

（……え？）

霧子は作業するかっこうで背を丸め、亜耶に顔を近づけた。そして息まじりの小声で、

（なんなのよ、アレ）

と尋ねた。貼るとき気づかれたらどうするつもりだったのだろう。

亜耶はにんまり微笑み、

（怪獣ジャミラは水に弱いのよ）

と、囁き声で返してきた。

霧子は「あっ」と声を発した。そういえば、ジャミラはウルトラマンが放った水によって、絶命したのだった。いつかネットで見た戦闘シーンの映像を反芻しているうち、変なスイッチが入ったのか霧子は急に可笑《おか》しくなってきた。よせばいいのに「水ぬれ厳禁」と書かれた広い背中にふたたび目をやってしまい、全身で笑い出したくなる。

こうなると指先に力が入らず、作業できない。しかめっ面で笑い出したいのを堪えていると、亜耶の目も三日月形に笑っていて、しかし手元はちゃんと箱詰めをしている。

「ちゃんと手ぇ動かしてくださいねっ」

ピリピリと声が響いて、すぐ横のラインの先端で、ジャミラさんが腰に手を当てて立っていた。

間近にジャミラさんの顔を見ても、今日の霧子は驚かなかった。ああ、やっぱり言われてしまった、と思った。たしかに霧子は今、手を動かしていなかったのだから。

ジャミラさんは細い目を神経質そうに吊り上げて、はじめ亜耶のほうを見て箱詰めしているのを確認し、次いで目線を霧子に据え、くっと睨みつけた。

そんな怒らなくても——と思いつつ霧子はすぐに謝ろうとしたが、目一杯笑いを堪えていた余韻で、なかなか声が出ない。そこへ、

「すいません、このひと、いまホットフラッシュで」

亜耶が口を出してきた。

「はあ？」

不服そうにジャミラさんが亜耶を見る。亜耶は、

「お若いからご存知ない？　ホットフラッシュって、あれ、更年期の症状。カーッとしてポーッとするやつ。仕事中でもたまに出ちゃうんですよ。でも治まったらすぐ取り戻しますんで」

いつになく媚びた口調で言う。いかにも下手に出たようなへらへらした亜耶の笑顔から視線を外し、ジャミラさんはふたたびこちらを見下ろす。

笑うのを我慢していた霧子の頬は熱く、たぶん赤らんでいたのだろう。ジャミラさんはしばし見つめたのち、黙って隣のラインへ移っていった。背中にはもうシールはついていない。

まっとうに怒られたので、それからは仕事に集中した。亜耶は途中いちどだけラインを離れて腰をかがめていた。床に落ちている赤いシールを拾ったのだった。

二週間の勤務が終わり、五時きっかりに倉庫を出る。

ふたりは車内にたどり着くと、笑い声を爆発させた。

「なんだってあんなものわざわざ貼ったのよ」

「だって怪獣ジャミラは水をかけられると死んじゃうんだよ」

「そうじゃなくてさ……おかげでこっちが叱られたし。もう、しばらくここには来ないからね」

「いやあ、たまたまお誂《あつら》え向きのシール見つけちゃったから。それにしても気づかれずに背中に貼れるんだから、あたしの腕もなまってないね」

亜耶は笑いながら腕を伸ばして、お菓子を取ろうと霧子の前のグローブボックスに手をかけ、ふいに動きを止めた。口を開けたまま固まって、助手席側の窓を見上げている。

ガラス窓をコンコンと叩く音がした。

窓の外が灰色で覆われている気がして、霧子も恐る恐る窺い見る。

すぐそこに、ジャミラさんが立っていた。西日を浴びた顔に表情はなく、縁なしの眼鏡にミラの車体がしっかり映っている。

霧子と亜耶は無言で顔を見合わせた。亜耶は、珍しく顔色を失っている。

ジャミラさんがもう一度、強めに窓を叩いた。

亜耶は身を起こしてキーを半分回し、霧子は窓を開けた。

すぐにも叱責の声が飛んできそうで息を詰めるが、ジャミラさんは白と赤の小さな箱を持って、黙って立っている。そして霧子の顔を数秒凝視したのち、やにわに、箱を車内に突き出してきた。

「これ、会社の救急箱に入ってたやつ。使いかけだけど」

箱を霧子に押しつけてくる。

「うちの母親もいま真っ最中で。でもこれ飲むと楽になるって言ってたから」

箱を見ると、テレビコマーシャルでよく見る、更年期障害向けの錠剤だった。

霧子がまごつきながら箱を受け取ると、

「じゃ、いつもお世話さま」

と無愛想に言い置いて、ジャミラさんはゆっくり去っていった。

雄大な作業服姿が倉庫の中に消えるのを、ふたりは車内から見送った。そして、亜耶は静かに車を出した。

広い道を走らせながら、亜耶が話し出す。

「車で来てるのバレてるし」

「――目立つから。この車」

霧子は渡された箱を開け、小瓶を取り出す。半透明の瓶の中に、錠剤が半分くらい残っていた。亜耶はそれを横目で見て言う。

「貰っちゃったね、〝命《いのち》の母《はは》〟」

「亜耶さんがあんな嘘つくから」

「意外といいやつじゃん、ジャミラ」

「……今月で期限切れだけどね、これ」

「ていうか、ジャミラのお母さんと同世代なのか、あたしら」

「──亜耶さん、これ飲んでみる？」

「いや、あたしはもう必要ないから」

横浜駅西口近辺のビルが見えてくる。今日は浅間下では止まらず駅近くまで進み、何度か同じところを回ったのち路駐できる隙間を見つけて停めた。

事務所に行き、今週分の給料を受け取った。

壁に貼られた来週の予定表を見て、亜耶が「どうする？」と尋ねてくる。

霧子は一瞬迷ってから、

「この、火曜から木曜のやつにしよう」と指差した。

「──ジャミラのとこね」

亜耶はにんまり笑って霧子の背中を叩き、何度も頷いては、顎の下の肉を弾ませた。

獣の夜

森絵都

今日という一日が俄然《がぜん》ややこしくなったのは、夜の会に備えて午後の仕事をさくさくと片付けていた最中、ふいに泰介《たいすけ》から電話がかかってきたときだった。

スマホが今もその名を表示するのが奇怪なほどに、泰介からの連絡など久しぶりだった。十回近くコールを聞いてからようやく電話に出ると、聞こえてきたのはオレオレ詐欺ばりの焦り声だった。

「もしもし紗弓《さゆみ》、頼む、頼むから頼まれてくれ、予定が狂った」

この時点で早くも波乱が兆していた。

「なに。どうしたの」

「部下がしくじった。クライアントのお偉いさんが激怒してて、俺もこれから一緒に頭を下げに行かなきゃなんない。事と次第によっては時間がかかる。ってか、どんだけ謝罪テクを駆使しても、六時半に美也《みや》を迎えにいくのは無理だ」

「え。じゃあ、どうするの。今夜のサプライズ……」

「パーティー会場には、だから、紗弓が美也を誘導してくれ。頼む」

一瞬その意味が呑みこめず、数秒かけて咀嚼《そしやく》してから、私は声を固くした。

「私？」

「この土壇場で俺の代役が務まるやつ、ほかにいないじゃん」

「そんなあ。カトマリに言えばいいのに」

「カトマリは幹事だろ。店で待機しててもらわないと」

「無理だよ、私。そういうの苦手だし、顔に出ちゃうし、きっとすぐバレる」

「けど、紗弓くらいだろ、あの面子で美也と今でも交流あんの。しょうがないじゃん、俺は何時になるかわかんないんだし、代わりに誰かが美也を店まで連れてかないことにはサプライズ・パーティーは成立しねんだし」

逆ギレ気味ながらも泰介の言いぶんには一理あり、私は言葉を詰まらせた。

今日で三十五歳になる美也のサプライズ誕生会。カトマリが発案し、美也に極秘で進めてきたこの計画のため、今夜、大学時代のサークル仲間たちが某レストランに集うことになっている。誰かが美也をそこまで連れていかないことには、確かに何もはじまらない。

「泰介、六時半に美也と待ち合わせてるんだっけ」

「そ、駅前のスタバでな。それから美也をとっておきのレストランへ案内するふりして、みんなのいる店へ連れてくって寸法」

つまり、何も知らない美也は、今夜、泰介と夫婦二人きりのディナーを楽しむつもりでいる。

「そこに私がのこのこ行って、泰介の代わりにごはん食べに来たって言うの？　無理でしょ、それ」

「大丈夫、俺から紗弓に頼みこんだって、美也にはうまいこと言っとくから」

「頼まれたって普通は行かないよね、夫婦水いらずのはずだったディナーに」

「八年目の夫婦に水いらずもあるもんか」

私の懸念を泰介は軽く笑いとばした。

「大丈夫だよ。美也は、相手が俺とかそういうことより、親に子ども預けて外メシすんのを楽しみにしてるんだから。たまには友達と飲みたいって、いつもぼやいてるし」

「今夜は話が別でしょ。誕生日だよ」

「三十五になる大人に誕生日もあるもんか」

私が何を言っても泰介は「大丈夫」の一点張りを崩さない。

「いいか、美也が何より恐れてるのは、今夜のディナーが流れることだ。俺が仕事で行けなくなったって言ったら、絶対にあいつ、ショックでフリーズするぜ。そこで、俺がこう言う。せっかく店も予約してることだし、俺が金出すから紗弓とでも一緒にメシ食ったらどうだ、って。人生懸けてもいいけど、あいつ、尻尾ふって飛びつくぜ」

なんとも軽く人生を懸けてみせた泰介は、なかなかうなずかない私に焦れたのか、今すぐ美也に電話で聞いてみると言いだした。

「美也がOKしたら頼むぞ、紗弓。六時半にスタバで美也と落ち合って、五十五分になったら例の店へ移動だ。なるべく自然に、怪しまれずにサプライズまで持ちこんでくれよ」

よろしく、の一語を最後にスマホの画面から石橋《いしばし》泰介の名前が消えた。

今も昔も泰介は軽い。今夜のディナーにしたって、もしかしたら泰介が勝手に軽く考えているだけで、美也は子どものいない夫婦二人きりの時間を楽しみにしているのかもしれないのに。そこに私がしゃしゃり出ることで美也がへそを曲げれば、のちの展開にも響いてくる。機嫌の悪い人間に不意打ちのサプライズはけっこうな賭けだ。

考えるほどに不安が高じ、じっとしていられない。どうしよう。カトマリに相談してみようかと机上のスマホへ手をのばした矢先、タイミングよくそれがメールの着信音を奏でた。

泰介？　急ぎ画面を確認すると、石橋は石橋でも、下の名前は美也だった。

恐るおそるメールの文字を目で追う。

〈紗弓、泰介の代わりにつきあってくれるの？

やった！　急な話なのにありがとね。

今夜は飲むぞ！（泰介のお金で！）〉
かくんと首をかしげてから、私は探る思いで返事を送った。
〈私でいいの？
せっかくの記念日に、なんか悪いような（´ｪ｀;）〉
数十秒後にまた着信。
〈逆に嬉しい。紗弓とサシで飲むの久しぶりだね。
娘たちは実家だし、今夜はがっつり飲もう！〉
〈お手柔らかに（´∀｀*）
じゃ、六時半にスタバね〉
〈ＯＫ牧場〉
いまひとつ美也のテンションがつかめないものの、夫にドタキャンされた悲愴感はなく、機嫌も悪くなさそうだ。ほっと胸をなでおろしつつ、私は老婆心ながらも追伸のメールをしたためた。
〈女同士だからって、メイクの手を抜かないこと。
せっかくの誕生日ディナーだから、おしゃれしておいでやす（´∀｀）ψ〉
異性のいる会といない会とでは、見栄えに費《つい》やす労力に歴然と差をつける。大学時代から美也にはそんな露骨なところがあった。同性と会うのになぜ化粧しなくてはならないのか。しゃれこんでなんの得があるのか。そんな本音を隠さない彼女を、一部の女子たちは「男にばっかり媚びて」と冷たく眺めていたけれど、私はただの正直でずぼらな人だと思っていた。

本質的には今も変わらないそのずぼらさが招きかねない悲劇（しゃれっけゼロの美也がすっぴんでスタバに現れる↓皆のもとへ連れていく↓サプライズ！↓驚いたり喜んだりする以前に、自分の顔や髪や服が気になって挙動不審の美也）をひそかに恐れていた私は、その日の六時二十五分、スタバのカウンター席にいる美也をひと目見るなり、安堵の息を吐きだした。

私と会うために装ったにしてはまずまずの出来だった。光沢のあるネイビーのブラウスに、羽織りの白いストール。ベージュの短いスカートからは自慢の長い足をのぞかせ、久々にヒールの高いパンプスをはいている。化粧にも手抜きは見られず、眉もきれいに整えている。

アイスコーヒーを片手に歩みより、肩ごしに「合格」と声をかけると、ふりむいた美也の胸元でダイヤのクロスが光った。

「え、なにが」

「三十五歳で二人の子持ちに見えないってこと」

美也は「ありがと」と赤い唇を笑ませ、となりの椅子に置いていたバッグをひざの上へ移した。

「でも、まだ三十四だよ。十時半までは」

「そっか。泰介、それまでに合流できるといいね」

椅子にかけながら美也の表情をうかがう。想像以上にけろりとした顔だ。

「ま、どっちでもいいよ。泰介のドタキャンはいつものことだし、もともとそんなに期待してなかったし」

「いつもなの？」

「そ。大抵は仕事のトラブルってやつ」

小鼻に軽く皺《しわ》を寄せ、美也がカップのソイラテを口に含む。

「怪しいのがさ、決まっていつも部下のせいなんだよね。部下の失敗の尻ぬぐい」

「部下かあ。泰介もそういう年なんだ」

「最近、愚痴っぽくなったよ。最近の若いのは背中見せるだけじゃ育たないとか、いちいち世話が焼けるとか。でもね、言いながら、ちょっと鼻の穴がふくらんでるの」

「部下に手を焼いてる自分が嫌いじゃないんだ」

「嫌いじゃない、嫌いじゃない」

「昔から兄貴肌っぽいとこあったもんね、中途半端に」

「そう、そう、中途半端に。頼られるのはいやだけど、自分から兄貴ぶるのはやぶさかじゃないの」

こうして美也と泰介をネタにして笑っていると、今でも時折ふっと、もう一人の私が窓ガラスの向こうからこの光景を怪訝《けげん》そうにながめているような、不思議な感覚に襲われる。サークルで知り合った泰介と私がつきあいだしたのは大学一年生の夏で、やはり同じサークルだった美也と泰介がつきあいだしたのは大学三年生の秋。泰介と私はうまくいっておらず、ほとんど終わりかけていたとはいえ、完全に終わっていたわけではなかった。

「で、紗弓の彼はどうなの」

ふと黙りこんだ私に美也が言った。泰介の話題のあとには決まって私の恋愛話になる。

「順調？　その後の進展は？」

なし、と私は即答した。

「あいかわらずだよ。いまいち盛りあがらないまま、ずるずると」

「もう二年だっけ。一緒になる気はないの」

「うーん。なんか自信なくてね。向こうも全然その気なさそうだし、ここんところ古地図に夢中だし」

「こちず？」

「古い地図を見ながら街をめぐるのが至福の時間なんだって」

「結婚、なさそうだね」

「でも、四十過ぎるとてきめんに浮いた話がなくなるって言うし、けっこう焦るよ、最近。三十代のうちにもっと手堅い相手を探しといたほうがいいのかなとか、あと五年で何ができるんだろうとか」

「私も最近、このままずっと家にこもっててもいいのかなとか考える。社会復帰するなら三十代のうちかなとか、もっと資格取っておけばよかったとか」

そんなことをぐだぐだと言い合っているだけで、時間などは矢のごとく流れていく。このぶんだと美也はサプライズ・パーティーに勘づいていないし、私のことも怪しんでいない。内心ほっとしながら話を引っぱり、ちらちらと気にしていた腕時計の針が六時五十五分を指すのを待って、私はおもむろに腰を浮かした。

「じゃ、そろそろ行く？　お店、泰介が七時に予約してるみたいだから」

美也はソイラテのカップをきゅっと握りなおした。

「ね。そのお店って、何系？」

「え」

「何料理のお店か、紗弓、聞いてる？」

「えっと、まあ、その……」

予期せぬ追及に顔が引きつった。

「泰介のとっておきのお店でしょ。行ってみてのお楽しみってことにしようよ」

「きっとヘルシー系だよね。泰介、最近、お腹のたるみをやたら気にしてて、肉を食べようとしないから。たぶんまた野菜が美味しいイタリアンなんだろうな」

ずばり言われて、どきっとした。確かに、元サークル仲間たちが目下スタンバっているのは、新鮮な鎌倉野菜が売りのイタリアンレストランと聞いている。看板メニューは色とりどりの野菜十二種類のバーニャカウダ。

そんな内心が顔に出たのか、美也は「やっぱり」とブルー系のシャドーで彩った目を細めた。

「ね、紗弓。一つ提案があるんだけど」

「なに」

「野菜よりも焼肉、食べに行かない？」

「は？」

「だって、女二人で野菜食べたってしょうがないじゃない。ここにいない泰介のダイエットにつきあうこともないし」

「ちょっと待って……」

いよいよもって事態は深刻にややこしい。あまりの深刻さに凝固する私に、美也は一気呵成に迫ってきた。

「あのね、うちのわりと近くに、知る人ぞ知る焼肉屋が新店舗を出したの。オープン当初は毎日長蛇の列だったけど、ここんところやっと予約なしでも入れるようになってきたみたいで、幼稚園のママたち……先生たちも、みんな美味しかった、美味しかったって口をそろえて言うんだよ。とくに幻の石垣牛が絶品なんだって。私ずっと行きたくて、でも下の子はまだ焼肉屋なんて連れてけないし、泰介もつきあってくれないし、今日が絶好のチャンスなんだよ。紗弓が来てくれるって聞いたときから、もう私、ずっと頭のなかが肉一色だったの。肉、肉、肉……」

「だから、ちょっと待って」

前のめりにまくしたてる美也を、私は掠れ声で制した。大きく息を吸って吐く。胸の動悸《どうき》が収まらない。

「今夜のお店はもう決まってるんだよ。泰介が美也のために予約したんでしょ」

「でも、その泰介はいないし、お店のほうはキャンセルすれば……」

「キャンセルなんてダメだよ。こんな直前で、お店に悪いじゃない」

焦りが高じて語気が強まる。

「それに、もし泰介がそのお店の常連だったら、あとで気まずい思いをさせちゃうよ。せっかく奥さんのために誕生日ディナーを予約してたのに」

何がなんでも美也を鎌倉野菜の店へ連れていかなきゃならない。元サークル仲間たちが今か今かと今宵の主役を待っている。その一心で正論をふりかざす私に、美也は落胆のまなざしを向けた。

「紗弓は、お店のこととか、泰介の面子とかを先に考えるんだね。今日は私の誕生日なのに」

多少芝居がかってはいるものの、痛いところを突いている。心なしか涙目の美也を私は正視できなかった。と、こちらの動揺を見抜いたように、さらなる一手が飛んできた。

「言っとくけど、泰介のドタキャン、ほんとに部下のせいなのか怪しいもんだよ」

「え。なんで」

「トラブルはトラブルでも、女絡みかもしれないし」

「なにあいつ、まだそんなことやってるの」

「男の下半身に成長なし」

「はあ」

「多少太ったけどまだ顔はいいから、それだけでバカな女は引っかかっちゃうんだろうね。ま、私も人のこと言えないけど」

「私も……」

「ああ、焼肉食べたいっ」

万感のこもった雄叫びに、私はますますその顔をまともに見られなくなり、行き場をなくした視線をスタバの店内にさまよわせた。

午後七時すぎ。お茶の時間はとうに去っているのに、そこにはまだ大勢の客がいる。語らうカップル。スマホをいじる若者。読書をする女性。書類に目を通す会社員。斜め後ろのテーブル席には英語の問題集に没頭している女学生もいて、そのひたむきな様子をながめているうちに、今、目の前にいる美也の若き日の影と重なった。

外資系の企業に勤めてバリバリ働きたい。海外転勤もしたい。国際結婚もやぶさかでない。そんな抱負を嬉々として語っていた美也は、大学生活を通じて英語には惜しみなく時間とお金を注いでいた。一応はTOEIC研究会の看板を掲げていた私たちのサークルが早々にただの酒飲みの会と化しても、美也だけはこまめに試験会場へ足を運んでは、スコアの上下に一喜一憂しつづけていた。それでも外資系の採用はもらえず、そこそこの日本企業に就職して、わりとすぐに泰介と結婚。そして、妊娠。一度は職場に戻ったものの、二人目が生まれると保育園問題で難渋《なんじゅう》し、退職。

いまだ独身者も多い元サークル仲間のなかで、ややもすれば「順調に幸せ」と決めつけられがちな美也の人生の、彼女自身の評価は果たしていかばかりなのか。泰介との人生に満たされているのか――考えてもわかるわけのないことを私は詮なく考える。一つ確かなのは、今夜の彼女を満たすことができるのは石垣牛であることだ。

と、重々承知の上で、それでも課せられた任務をかなぐりすてることができない自分の大人の分別を呪いながら、私は大きく息を吸って吐き、「お願い」と深々頭を下げた。

「美也の気持ちはわかるけど、今日だけはお願い、私と鎌倉野菜を食べて。石垣牛はまた今度、近いうちに絶対つきあうから。今日はお願い。このとおりです」

理屈抜きで拝みたおすという最終手段は、しかし、たちまち裏目に出た。

「あー、今、野菜って言った。やっぱり野菜の店なんだ」

「あ」

「しかも鎌倉野菜と来たか。有機だね」

「あわわ。いや、でも、きっと野菜以外のものもあるよ。豆腐とか、魚介とか、鶏肉とか……」

「わかった。じゃ、あいだを取って、こうしない？」

私の狼狽ぶりを哀れんだのか、美也はおもむろに折衷案を差しだした。

「泰介が予約したお店をキャンセルするんじゃなくて、時間をずらすの。で、ささっと焼肉屋へ行って、幻の石垣牛だけ食べて、それから泰介の店に行くっていうのはどう？つけあわせの鎌倉野菜を食べに」

鎌倉野菜をバカにした話ながらも、確かに、美也にしてみればこれがぎりぎりの妥協ラインという気もする。美也の上機嫌を維持するためには、皆に少しばかり待ってもらうことになっても、このへんで手を打つのもアリかもしれない。

迷える私が答えを出すよりも早く、しかし、バッグのなかでメールの着信音が鳴った。スマホを取りだして見ると、差しだし人はカトマリだ。

〈紗弓、大丈夫？　まさか美也に勘づかれた？〉

約束の七時を十分も過ぎているので心配しているのだろう。

私は美也に「ごめん、ちょっと仕事の連絡」と断りを入れてから返信した。

〈遅くなってごめんm(;▽;)m
勘づかれてはいないから大丈夫。

ただし、べつの緊急事態が発生（゜ε゜）!!

もうちょい時間かかりそうだけど、そっちはどんな具合？〉

その一分後に届いたカトマリからの二通目が、この夜の行方を決めた。

〈遅くなってくれてOK。むしろ良かったかも。

実は、小坂《こさか》とクンちゃんが遅れていて、まだ到着していません。

泰介も八時半までには来られるみたいだから、もし可能なら紗弓には美也を八時半以降に連れてきてもらって、やっぱり泰介も一緒にサプライズしたほうがいいんじゃないかって話になったんだけど、どう？

美也に怪しまれずに八時半まで引っ張れそう？〉

私はほうっと息をつき、〈任せて（・∀・）／〉と短く返信してから、晴れ晴れとした笑顔を美也へ向けた。今すぐ石垣牛を食べに行こう、と。

美也の住む町までは私鉄電車で六駅。時間にすると約十五分。帰宅ラッシュは一段落していたものの、車内にはまだ混雑時のむんとした人いきれが残っていた。つり革の争奪戦に敗れた美也はハイヒールの足をぐらつかせ、停車のたびに私の腕にしがみつきながらも、その顔から浮かれた笑みを絶やすことはなかった。

「お肉、楽しみだね」

「お店で焼いて食べるの、いつ以来だろう」

「まずはカルビ一、ロース一、タン塩一かな」

全身から高揚が伝わってくる。

「石垣牛だけ食べて帰るんじゃなかった？」

私が突っこむと、ぷうっと頰をふくらませ、「紗弓ってば、いけずぅ」と、くねくね肩をすりつけてくる。

「物事には流れってものがあるでしょう。石垣牛だけ食べたら石垣牛のありがたみがわからないじゃない。ふふ。ふふふふふ」

不気味な笑いが止まらない。

ご機嫌と不機嫌がはっきりしていて、曖昧な境界が存在しない。美也のこの特徴は大学時代からすでに色濃く、これまた一部の女子からは「気まぐれ」「わがまま」と不興を買っていたけれど、私は単純にわかりやすくて面白い人だと思っていた。へんな駆けひきや裏の読み合いをしなくてすむぶん、一緒にいて楽な相手でもあった。顔もかわいいし、エッチな雰囲気もあるし、私が男だったらきっと美也みたいな子に惚れるなあ、とのんきな妄想に耽ったこともある。

泰介の二股を知ったとき、だから、直感的に彼は私よりも美也を選ぶと悟った。顔の造形。スタイル。女子力。エロス。何ひとつ私には勝ち目がなかった。泰介を失ったことよりも、もしかしたらその惨敗自体に私は心を挫かれてしまったのかもしれないと今となっては思う。

当時はそこそこに荒れた。泰介を罵った。美也とも長いこと口をきかなかった。なのに、さらなる長い時間をくぐりぬけたころには、なんとなく元へ戻っていた。

私は美也へのわだかまりを克服できたのだろうか。

車窓ごしに薄暗い空を仰ぎつつ、もう何十回目かわからない問いを自分へ投げかける。わからない。これまで一度もわかったためしはない。その時点でつきあっている彼とうまくいっているときには克服した気になれるし、併せて仕事もうまくいっているときには過去ごと忘れた気にさえなれても、ひとたび何かが狂いだすなり、仮歯のような寛容は脆くもくずれて、黒い空洞が露わになってしまう。結局のところ、過去にいる美也は不動なわけだから、問われているのは私自身の心模様なのだ。

彼氏の有無および親密性。職場での人間関係。体調。天候。懐具合。万事良好で自分に余裕があるときには、妙に殊勝な心持ちになって、「そもそも、私に美也をとやかく言う資格があるのか」と考えたりもする。不貞という点では泰介に引けをとらない私に、彼や彼女を責められるのか。

やはり答えの出ない問いに音を上げるように、お腹がぎゅうと大きく鳴った。

「やっだあ。紗弓のほうがお腹空いてるじゃん」

美也が体をよじって笑い、その胸の谷間に乗客たちの視線が集中する。

「やっぱカルビ二、ロース二、タン塩一でいっちゃう？」

かくして肉に引きもどされた私は、美也の住む町で電車を降りるなり、自分の計算違いを思い知らされた。幻の石垣牛を供する焼肉屋は、てっきり駅前のアーケード街にあるものと思いこんでいたら、そこそこ離れた場所にあるらしい。

「そこそこって、どのくらい？」

「十分ちょっとかな」

見渡せども、人気の少ない駅前のロータリーにタクシーの影はない。腕時計を見ると、七時三十分。焼肉屋までの往復（二十分強）に帰りの電車（十五分）と駅から鎌倉野菜の店までの距離（五分）を加味すると、けっこういい時間になってくる。はたして八時半に間に合うのか。

急ぎ足でアーケード街を抜け、右に折れて国道沿いの大通りへ出た。美也と泰介が三十五年ローンで買ったマンションを右手にかすめ、遠く見える橋の方向へ進んでいく。古い家屋と新築マンションが混在する街の風景は、三年前、第二子の出産祝いに美也を訪ねたときと変わっていないものの、心なしか道沿いにおしゃれなカフェや雑貨屋が増えたような気もする。

もしも泰介と別れなければ、私もこの街に住んでいたのか——淡い藍色の空を仰ぎながら妙なことを考えていると、無言でアスファルトをかつかつ鳴らしていた美也の足が急に止まったので、どきっとした。

「そういえば紗弓、最近、カトマリと連絡取りあってる？」

肩越しに聞かれ、ますます心臓が騒ぎだす。

「え。か……あ……カトマリ？」

動揺がそのまま声に出た。連絡を取りあっているも何も、カトマリこそが今夜のサプライズ計画を皆に提案した仕掛け人であり、さっきもメールを交わしたばかりだ。

「私は……とくに、個人的に会ったりはしてないけど。なんで？」

もしかして、バレた？　こわごわ顔色をうかがうも、美也の表情は変わらない。

「ううん、べつに。最近、あんまり話を聞かないから。調子はどうなのかなって」

「あ……調子ね」

その心配か、と私は声の緊張を解いた。

「どうだろうね。去年の忘年会は元気そうだったけど」

そして今日も張りきって幹事をしているくらいだから、実際、元気なのだろう。心でつぶやくも、口には出せない。

「会社移って半年だっけ。うまくやってるのかな」

「カトマリのことだから大丈夫でしょ。仕事のほうは」

「仕事のほうはね」

「変わらないよね、カトマリも」

美也のつぶやきを最後に私たちは沈黙した。

十年以上勤めた商社をカトマリが辞めたのは、約二年前のこと。直属の上司から執拗にいびられ、いるにいられなくなって逃げだした。あげく、退社後も心療内科へ通うはめになった。そんな話が洩れ伝わってきたときには同情もしたし、泣き寝入りなんてカトマリらしくないと当惑もしたけれど、サークル一の事情通であるクンちゃんから事の真相を聞くにいたって、私は一気に脱力した。

「どうもね、得意先の男とうっかり寝ちゃって、なんでだかその噂が広まって、それが上司の逆鱗に触れたみたい。っていうのも、カトマリ、前にその上司ともうっかり寝ちゃってたんだって」

その信じがたい内幕を私が容易に受けいれたのは、大学時代のカトマリを知っているからだろう。

元TOEIC研究会のリーダーだったカトマリは、さほど勉強している風でもないのにTOEICのスコアが常にトップで、酒宴における割り勘の計算も迅速且《か》つ正確、いつ何時も冷静で感情に流されることのない所謂《いわゆる》「出来る人」だった。反面、女としてはとんだ出来損ないだった。お酒が入ると性的にどこまでもだらしなくなる。とりわけ冴えない訳ありの中年男に弱く、たとえ相手が初対面でも、気に入るとほいほいホテルへついていってしまう。曰く、一部の男たちが放つ「枯れ葉の匂い」に抗えないのだという。

「比喩じゃなくて、本物の枯れ葉の匂い。朽ちていく植物って、なんか儚いような、いやらしいような、独特な匂いがするじゃない。人間の男にもそういう匂いの人がいて、それを嗅ぎつけちゃうともう私、抵抗できないんだよね」

枯れ葉臭。はたしてどんな匂いか私には予想だにつかないそれを、カトマリの鼻は今も敏感に感知しているのだろう。元職場の上司や得意先の男にもそのセンサーが働いたのは想像に難くない。結果、枯れ葉の匂いと引き替えにカトマリは職を失った。いつかこんなことにならなきゃいいけど、と誰もが心に抱いていた恐れを具象化するかのように。

「心療内科で、カトマリ、枯れ葉臭フェチを克服しようとしたのかな。そういう性癖みたいなものって、カウンセリングや薬で治せるもの？」

長く胸にあった疑問を私が口にすると、美也はいつになく真面目に受け答えた。

「性癖を治すってよりは、意志の力を鍛えて、衝動や欲求を抑えられるようにする方向じゃないの」

「意志の力で枯れ葉臭を克服？　できたのかな、カトマリ」

「無理でしょう」

やけにきっぱりと美也が言って、うつむけていた顔をもちあげた。足下の暗がりを吸いあげたような声の低さにあれっと私が目をやると、美也もまたあれっという顔をして、高い鼻を急にひくひくさせはじめた。

「なにこの匂い」

「え」

「匂うよね」

「そう？」

左右へ鼻をふる美也に釣られて私も鼻孔《びこう》を広げる。言われてみれば香ばしい匂いが漂っている気もする。もちろん枯れ葉の匂いではなく、あきらかにこれは動物の……。

あ、と私はすぐシンプルな答えに行きついた。

「焼肉だ」

「そうなんだけど……」

その程度は百も承知とばかりに、美也は怪訝顔でくんくんやりつづける。

「なんの肉だろ」

「なにって……牛？　豚？」

「違う。そんな普通のじゃなくて、もっと……」

「もっと？」

「ワイルド」

私たちはようやく遊歩道のある川岸へ差しかかったところだった。焼肉屋は橋を渡って二百メートルほど先にあるという。が、美也は正体不明の匂いに手繰《たぐ》られるように、川の手前で右へと道を折れていく。

「美也？」

やむなく私も後を追う。古い民家が寄り集まっている静かな通りを進むほどに、ワイルドな焼肉臭はより濃厚になっていく。同時に樹木のさざめきにも似た人々の喧噪が耳につきはじめ、それは見る間に高まった。

その音源を突きとめたのは、匂いと音を頼りに何度目かの角を曲がったときだった。住宅街にぽっかり開けた空き地のような公園に、無数の人々が群がり、その一角だけが別世界のように華やいでいた。賑やかなかけ声に笑い声。音楽。いったい何のお祭りか。

その答えは公園の正門に掲げられた立て看板にあった。

『ようこそ、ジビエ・フェスタへ！』

ジビエ・フェスタ？

何だろう、と目と目を見合わせる私と美也に、門のそばにいた鹿（のかぶりものをした人）がぬっとチラシを突きだした。次なる答えはそこにあった。

『若里町《わかざとちょう》初のジビエ・フェスタへようこそ！　今宵は地元人気レストランの敏腕シェフたちがジビエ料理の腕をふるい、皆さんにスペシャルな夜をご提供します。高タンパク・低脂肪のジビエでみんな元気に！　町も元気に！』

どうやら町興しの一環らしい。

「へえ。日本のお祭りも日進月歩だね」

感心する私の横では、美也が食いつくようにチラシの裏にある出店ブースの案内図を読みふけっていた。

「すごいよ、紗弓。ジビエっていろいろあるんだね。鹿、猪、穴熊、雉《きじ》……やばい、ぜんぶ美味しそう」

「美也。石垣牛が待ってるよ」

すかさず釘を刺すも、美也はチラシから目を離そうとしない。

「なんだか、牛が平凡に思えてきた」

「はい?」

「だって、ジビエだよ。牛はいつでも食べられるけど、ジビエ・フェスタは今日限りだよ」

もはや何を言っても遅きに失した。あたり一面に渦巻くジビエ臭に美也の鼻孔はもはや全開で、眼光も狩人並みにぎらついている。

「それに、これ以上ないほど肉腹ってときにジビエ・フェスタへ行きつくなんて、これってもう偶然じゃなくて必然って気がする」

「必然」

「決めた。今日はジビエでいく!」

美也が高らかに宣言した直後、頭上のスピーカーからこれまた高らかなアナウンスの声が流れた。

「皆さま、お待たしぇ……お待たせいたしました。一夜かぎりのロックバンド、若里ジビエーズのショーが始まります。ぜひおしゃ……お誘いあわせの上、テニスコートの特設ステージへお集まりください。若里うりぼうダンサーズのダンスも見りゃれます」

ろれつの怪しいアナウンサーは最後に酔っぱらい特有のしゃっくりを決めこみ、私は有象無象が跋扈《ばっこ》するローカル地獄に足をすくわれた空恐ろしさを胸に、野獣の匂いに覆われた公園を呆然と見渡した。

〈クンちゃん到着しました！〉
〈小坂も到着！〉
〈泰介も予定より早く到着。こっちはスタンバイOKでーす！〉
〈そっちはどう？〉
〈おーい、紗弓？？〉
〈こっちはスタンバイばっちりです。みんな待ってるよ。大丈夫？〉
〈紗弓どうした？　なんかあったの？〉
〈みんながざわつきだしてます〉

若里うりぼうダンサーズを観たいとごねる美也をなだめすかしてジビエ料理の出店ブースへ引っぱっていくあいだにも、カトマリからのメールは着々と数を増していく。スマホが着信音を鳴らすたびにどきどきし、怖くて返事を送れない。腕時計の針はもうすぐ八時。とにかく美也にジビエを食べさせて皆のもとへ連れていかなければならないのに、園内狭しと軒を連ねる露店は思いのほか多く、料理の種類も豊富とあって、どれにしようか悩むばかりでなかなか買うに至らない。

「美也。なんでもいいから早く決めて、さっさと食べよう。迷ってるあいだに三十五歳になっちゃうよ」

全力でせっついた結果、ようやく美也は鹿の炭火焼きと猪のカレー風味煮込みを選び、公園の中心部にそびえる時計台を囲んだ臨時の飲食コーナーに腰を落ちつけた。会議机を二つ合わせたテーブル席はほぼ満席で、老若男女の誰もが紙皿にジビエを載せている。その喧噪がふっと静まるたびに、テニスコートの方角からあまり上手くないバンドのがちゃがちゃしたノイズが立ちのぼる。

「生ビール、どこで売ってるんだろ。私、探してくる」

美也が颯爽と捜索にくりだすと、残った私はいやな汗が滲《にじ》む額にひんやりした秋風を浴びつつ、カトマリに苦しい言いわけメールをしたためた。

〈カトマリ、ごめん! 。゜(*´□`)゜。

話せば長くなるけど、いろいろあって、美也がコントロール不能。

もうちょい時間をください〉

送信して十秒とせずにメールの着信音が鳴る。固唾を呑んで私からの連絡を待っていたのがわかる。

〈なんで？　どうしたの？　今どこ？〉

疑問符の三連発に空腹の胃がきりきり痛みだす。

〈フェスタ〉

ジビエ・フェスタと告げる勇気はなかった。

〈フェスタ？　なにそれ。どこの？〉

〈美也んちの近く〉

〈！　なんでそんなことになってるの？〉

〈私もそう思う。ほんとにごめん。あとで説明するけど今は美也がもdってきちゃうから、また。八時半までにはいくからもう少し待っててねgい〉

自家用ヘリでも飛ばさないかぎり八時半になど到着できないのは自明の理だった。往路に要する時間を思えば、今すぐここを出たってぎりぎりのラインだ。しかも、美也はまだ一口もジビエを食べていない。

「お待たせ。ぎんぎんに冷えてるよ」

悩める人の気も知らず、となりの席に戻った美也は満面の笑みで私に生ビールのプラスティックカップを手渡し、「カンパーイ！」と自分のそれを天に向かって突きあげた。

「お誕生日おめでとう、私！」

あ、そうだ。誕生日なんだ。ふと我に返って、ハッとした。ややこしすぎるシチュエーションにこの夜の本質が埋もれてしまっている。

「お誕生日おめでとう、美也」

いまひとつ声に力が入らないながらも、私は自分のカップを美也のそれに近づけ、急ごしらえの笑顔で祝福した。

「いい一年になるといいね」

「うん。きっとまた、あっという間だね」

「そうそう、あっという間。時間は限られてるから、ささっと食べて、次に行こう」

促すまでもなく、美也の割り箸はすでに鹿の炭火焼きを捕らえている。

表面にほどよい焦げ目のついたステーキ肉。一口大に切りわけられたそれが口へ運ばれ、赤い唇の谷間に落ちる。軽く目を細めてゆっくりと嚙みしめ、美也は妙に艶めいた声を洩らした。

「うーん。ジ・ビ・エって感じ」

「美味しい?」

「うん。癖はないけど、野性はあるっていうか」

「野性」

「はー、獣のエキスが沁みわたる」

よほど肉に飢えていたのだろう。続けざまに猪のカレー風味煮込みへ箸を移した美也は、そのてらてらと大きな塊を一口で平らげ、勢いまかせに鹿、猪、生ビール、鹿、猪、生ビール——と、豪快に胃へ流しこんでいった。まさに猪突猛進の体だ。三巡目のそれを終えたあたりでようやくひと心地ついたのか、圧巻の迫力に魅せられていた私をふりむいた。

「紗弓、どうした？　さっき、お腹ぎゅるぎゅる鳴ってたじゃん。食べなよ」

絶え間なきメールの着信音に体が萎縮していたものの、確かにお腹は減っていた。二本よりも四本の箸でつついたほうが早く皿も片付く。よし、と私は景気づけに生ビールで喉を潤し、見た目は牛肉と変わらない鹿の一切れを口へ運んだ。

最初のひと嚙みからして、味はあきらかに牛と違った。豚でもなければ鶏でもない。初めて食べる動物の力強い味。胃の内側がぽっと熱くなる。

「あ。なんか……」

「野性、来た？」

「かも」

嚙んでも嚙んでも鹿肉からはジューシーな肉汁が迸《ほとばし》りつづける。ほのかに甘く、鉄分を帯びた野性の味。続けざまにスパイスの効いた猪肉をほおばったころには、胃の熱が全身まで行きわたり、心なしか舌や指先までがぬくもってきた気がした。

「ジビエ、やるね。なんか、リアルに元気になる感じ」

「うん、精のつきかたが半端なさそう。やっぱ飼い慣らされた家畜とは違うね」

「どこが違うんだろう。筋肉？」

「弾力あるよね。あと、脂？」

「うんうん、脂の質が違うのかも」

その正体を探るように競って箸をのばすうちに、二つの皿はすぐ空になった。

「よし、撤退……」

「私、雉の山椒焼き買ってくる」

「え、美也、ちょっと……」

引きとめようと腰を浮かした。はずが、野獣の脂でぬらついた私の口はよもやの一語を発していた。

「じゃあ私、生のおかわり買ってくる」

何を言っているんだろう。何をやっているんだろう。自らの正気を疑いながらも私の足は生ビールの売り場をめざして進む。皆を待たせちゃいけないという責任感が、もう少しここでまったりしたいという誘惑に押さえこまれていく。野性が理性を圧していく。

雉の山椒焼きを肴に二杯目の生ビールを飲みほしたころには、二杯も三杯もそう変わらないし、皆を三十分待たせるのも一時間待たせるのも変わらない、という大らかな心持ちになっていた。年に一度の誕生日だ。生涯初のジビエ・フェスタだ。美也の言うところの「必然」に絡めとられた以上、ジタバタしたってしょうがない。

居直って飲み食いに耽っているうちに、気がつくと、さっきまでテーブルの斜向《はすむ》かいでぎこちない会話を交わしていた若いカップルが、互いの体を大胆にまさぐりはじめていた。男が女の腰をさすれば、女は男の腕を揉む。公衆の面前で吸いつきあう唇に、しかし、不思議と不快感が湧かない。自然界を彩る蝶の交尾を眺めているようだ。

「そういえば、私、若いころはいつも思ってたな。人間にとって一番大切なのは嗅覚だって」

立ちこめる獣臭と自分の体臭が確たる境界を失っていくなか、噛みごたえのある雉肉との格闘に疲れた私の口から、我知らずそんな言葉がこぼれていた。

「みんな自分の鼻を信じてさ、もっと直感的に、本能のままに生きればいいのにって。後先のことなんて考えないで、今だけに集中して。それが本来の自然な生き方なんじゃないかって」

雉を嚙《かじ》る美也の口が止まった。へんなことを言って驚かれるかと思ったら、驚いたのは私のほうだった。

「ああ、そうだよね」

美也は平然とうなずいてみせたのだ。

「普通の人っぽくふるまおうとしてるのはわかるけど、紗弓は本来、そういう人だよね。社会のルールよりも自分の感覚を大事にするっていうか」

「え」

「結婚の自信がないっていうのも、そういう意味だと思ってた。一夫一妻制が紗弓には合わないのかなって」

「あ……」

多分に濁音を含んだ「あ」が私の口から長々と尾を引いて宵闇に溶けていく。それ以外の音が出てこない。相手の動揺を面白がるような美也の瞳の色に、やっぱり、としぶしぶ観念した。

「やっぱり美也、憶えてたんだ」

美也は当然という顔をした。

「そりゃあね。衝撃のカミングアウトだったもん」

確かに、と思う。大学二年生の美也にとってはショッキングな告白だったかもしれない。

——私、彼氏と一対一でつきあってると、なんかうまくいかないんだ。上手にバランス取れなくて、相手に偏りすぎたり、逆に離れたくなったり。でね、もう一人いると、なんか安定するの。二対一。そのほうが据わりがいいっていうか、両方とうまくいくんだけど、やっぱ私、どっかおかしいのかな。

まだ泰介とつきあっていた当時、かなりネジの外れた自分の本性を美也にだけ覗かせたのは、この子ならば簡単に私を軽蔑したり、正論ずくで断罪したりしないと踏んだためかもしれない。最悪、自慢と取られかねない相談ながらも、私は自分の歪みを本気で恐れ、客観的な意見を求めていた。だからこそ、美也の瞳に嫌悪ではなく憐憫《れんびん》の色が浮かんだときには、情けないながらも救われた思いがした。

――つがいの形って、動物によってそれぞれじゃない。二対一が紗弓のネイチャーだったら、それはそれでしょうがないんじゃないの。そう生まれたのは紗弓のせいじゃないし。それに、大人になればまた変わってくるかもしれないし。

そう私を励ましたあと、でも、と美也は小声で言い添えたのだった。でも泰介はかわいそうだけど、と。

「あのとき私、大人になったら変わるとか分別臭いこと言った憶えがあるけど、カトマリ見てても人はそうそう変わらないし、最近は、べつに変わらなくてもいいって気がしてきたよ」

あれから十五年の歳月を経た美也の目には、もはや憐憫の色すらもなかった。

「人はそれぞれのネイチャーのままに生きればいいし、どっちみち、それしかできないんだって」

美也ってこんな人だっけ？　ふわふわしていた女友達が一足飛びに腹のすわった肝っ

玉母さんへと変態した。そんな思いに取りつかれ、私は瞳を瞬かせた。

「変わらなくてもいいの？」

「変われないならしょうがない。そう思うしかないよ」

「もしかして泰介のこと言ってる？」

私の問いには答えずに美也は言った。

「紗弓、今は古地図の人以外にはいないの？」

「うん。さすがに三十過ぎてからは一対一だね、ずっと」

「それで紗弓はいいの？」

「うーん。あいかわらずバランス悪いし、なんか一輪車で人生旅してるような感じもあるけど、もうそんなことも言ってられないし」

「でも、それって紗弓のネイチャーに反してるわけだよね。今の彼と煮詰まってるのも、もしかして、彼が一人のせいなんじゃない？」

「……トイレ行きながら考えてもいい？」

「じゃあ私、野兎のカツレツ買ってくる」

少し頭を冷やしたいのもあって席を立ったものの、実際、トイレを探しながら私が考えたのは自分のネイチャー問題ではなく、大学時代をめぐる長年の謎だった。

美也はなぜ、あのことを泰介に言わなかったのだろう。

美也は私の二股癖を知っていた。それを告げ口していたら、泰介はもっと簡単に私と別れられたはずだ。「おまえも同じことしてたんだろ」。それでおしまい。美也だって正々堂々と泰介の新しい彼女になれた。なのに、美也は言わなかった。今日の今日まで自分一人の胸の内に秘めて、恐らくこのまま墓場まで持っていく気でいるのだろう。

結局のところ、私はそんな彼女のフェアネスに完敗したのかもしれない。

二股の相手が美也だったからこそ、あんなにもショックでとち狂い、自分を棚に上げて泰介を罵倒した。そして、相手が美也だったからこそ、最後には二人を祝福した。十五年後の今だって、一緒にいるのが美也だからこそ、行き当たりばったりのジビエ・フェスタをこんなにもエンジョイできている。

貪欲に獣を求めつづける人々の波をかいくぐっているうちに、鹿と猪と雉であたたまったお腹の底からふつふつと嬉しさがこみあげてきた。あのとき、美也を失わなくてよかった。泰介程度の顔のために、自然界の万象を肯定しようとしている友達を否定しなくてよかった——。

嬉しいついでに野兎のカツレツに合いそうな赤ワインでも買っていこうと、トイレの帰り、私は出店ブースへ足を向けた。バッグのなかから不吉な音が鳴り響いたのは、闇夜に浮かぶ恐竜みたいなジャングルジムの脇を通りかかったときだ。

無視しつづけていたメールではなく、電話の着信音。この夜の平行線上にあるもう一つの傍流が頭によみがえり、私はシェフに睨まれたジビエさながらに竦みあがった。

スマホの画面は「石橋泰介」の名前を映しだしていた。


「紗弓、おまえ何やってんだよ。美也はどうしたよ。フェスタって何だよ」

「いっぺんに聞かないで。こっちにもこっちの事情が……」

「どんな事情があったらこんなに遅くなれるわけ？　七時に店に来るはずが、もう九時すぎだぞ」

「えっ、九時？　やば。ごめんごめん、すぐ行く。赤ワインもあきらめる」

「赤ワイン？」

「ね、そっちはどんな感じ？　みんな待ちくたびれてる？　怒ってる？」

「もうそういうの通りこして、ただの飲み会になってるよ。これ以上遅れたらおまえらの食いぶん、残ってないぞ」

「それはいいけど……そっか、そっちも宴会はじまってるんだ。何人？」

「俺入れて八人。もうすぐ九人目が来る」

「誰？」

「卒業直前に初めてスコア500超えて泣いて喜んでた紺野千香《こんのちか》っておぼえてる？　あの自分に甘かった紺野のこと、新井《あらい》が急に好きだったの、まだ忘れられないだのって言いだしてさ」

「へえ」

「そしたら、クン太が紺野のケータイ番号知ってて、電話して呼びだせ呼びだせって盛りあがって、電話したらマジでこれから来るって話になって。今、新井が告白の練習してるとこ」

「はあ」

「けど、いくら紺野が来たって主役が来なきゃ締まんねえし、こっちも示しがつかねえし、頼むから早く美也を連れてきてくれよ。紺野よりも早くな。これ以上、俺の顔をつぶさないでくれ」

「顔、ねえ」

「なんだよ、その声」

「べつに。それはそうと泰介、あんた、あんまり美也を欲求不満にさせないほうがいいよ。美也、肉に飢えてるよ。もとはと言えばそのせいで……」

「な、なんだよそれ。急にエロいこと言いだすなよ」

「は？」

「チッ、負けた」

「へ？」

「紺野来ちゃった。じゃあな」

泰介の口ぶりから察するに、あっちはあっちで主役不在の酒宴をそれなりに楽しんでいるようであり、そっかそっか、と肩の荷を軽くした私は赤ワインをボトル買いして時計台へ引きかえした。

紺野ちゃんが登場したということは、今後しばらくは新井メインの告白タイムとなる。そんな最中に割って入るのは無粋というものだろう。新井の告白が成功したあたりで美也を連れていけば、皆の祝福ムードのなかで大幅な遅刻も看過され、いい感じで迎えてもらえるかもしれない。あるいは、新井の告白が失敗したあたりで美也を連れていけば、どんよりムードを一掃する救世主として感謝されるかもしれない。

そんな魂胆を胸に私は美也のもとへ戻った。

美也の口からこの夜を根こそぎひっくりかえすような爆弾発言が飛びだしたのは、その数分後だった。

「私さ、言おうかどうしようか迷ってたんだけど、だんだん、何を迷う必要があるのかわかんなくなってきた。言いたいことは言えばいいんだよね。自制心なんて百害あって一利なし！」

プラスティックカップの赤ワインをぐいぐい呷りながらも、酒豪の美也はいまだもって滑らかな舌で言ってのけた。

「泰介、カトマリと浮気した」

私はちびちびすすっていたワインを噴きそうになった。

「うぐ……え？」

「泰介がカトマリと寝た」

「浮気した」から「寝た」へ表現が変わっても、私の脳は依然としてそれを受けつけようとしない。

泰介とカトマリが？　まさか、そんな。ありえない。だって二人は今、まさにこのとき、鎌倉野菜の店で美也を待っているはずなのだから。

「私、カトマリのこと、結構本気で心配してたんだよね。ほんとは辞めたくないのに会社を辞めちゃうと、あとからじわじわダメージが来るの、自分も経験してたから。だから忘年会で顔を見たかったんだけど、上の子が熱出して行けなくなっちゃったでしょ。で、しょうがないから泰介に頼んだの。カトマリ、弱ってるかもしれないからよろしくねって。そしたら、あいつ、何を頼まれたと思ったんだか……」

美也が虚脱の目をして言うに、去年の忘年会の夜、「カトマリは俺に任せろ」と大見得を切った泰介は（返すがえすも何を任されたと思ったのか）、午前一時をまわっても家に帰ってこなかった。いつもはそれほど遅くならない会なのに、怪しい。経験から研磨された第六感を頼りに、美也は私に確認の電話をした（そういえばそんな電話がかかってきた）。そこで二つの事実を知った。忘年会はとうにお開きになっていたこと。そして、帰り際、泰介は酔ったカトマリを介抱していたこと（そういえばそんなよけいなことを言った）。

美也の脳裏を渦巻く疑惑が確信と化したのは、午前三時すぎ、酔ったふりをした泰介がようやく帰宅したときだった。

え、と私は思わず口を挟んだ。

「泰介、白状したの？」

「まさか。聞いてもいないのに自分から言わないよ」

「え。美也、問いつめなかったの？」

「だって、いちいちそんなこと。もう私、あの顔のＤＮＡと結婚したって割りきってるから」

「でも……じゃあ、なんで浮気したって確信を？」

「泰介の匂いを嗅いだの」

「匂い」

「枯れ葉の匂いがした」

腕の付け根がぞうっと粟立った。

「私、それまでずっと、それってカトマリ特有の文学的表現みたいなやつだと思ってたんだよね。けど、違った。本当に朽ちていく植物の匂いだった。正直言っちゃうと、私、泰介がカトマリと寝たことより、あの去勢されてないケダモノ代表みたいだった泰介からそんな匂いがしたことのほうがショックだったかも」

濃厚なブラウンソースのかかった野兎のカツレツを嚙みしめながら、美也は記憶のなかにある忌まわしい匂いを追うように鼻をひくつかせた。が、当然ながらそこにあるのは獣臭のみだ。あきらめた美也が再び眼下の肉片に手をのばすのを待って、私は胸の疑問を声にした。

「で、どうするの。泰介とカトマリ、今も続いてるの？　美也はそれで平気なの？」

「泰介は誰とも続かないから、たぶんカトマリともあれっきりじゃないのかな。平気もなにも、しょうがないじゃん。だって、泰介とカトマリだよ。二人ともどうかしてるけど、それは今にはじまったことじゃない」

「知らないふりして許すってこと？」

「そりゃ腹は立つけどさ。とくにカトマリにはね。友達のくせにって。でも、そのこと考えれば考えるほど、自分に返ってくるんだよね。私が昔、紗弓にしたこと」

「あ」

「絵に描いたような因果応報じゃない」

「うーん」

「癪《しゃく》に障るのは、なんとなく、泰介とカトマリもそんなこと思ってる気がするんだよね。私も前に同じことしてるんだから四の五の言えないだろう、とか。私と紗弓がまるく収まったから、カトマリもなんとかなるだろう、とか。そういう甘い考えが透けて見えるのが、もやもやするところで」

うーんと再びうなりながら、そのとき、私が頭のなかで忙しく考えていたのは、泰介とカトマリが何を思って一線をこえたのかではなく、その後の二人が何を思って美也のサプライズ・パーティーを計画したのかということだった。

発案したのはカトマリ。それに泰介も乗った。陰で美也を裏切っておきながら、なぜそんなことができたのか。

美也への贖罪《しょくざい》意識が勘違いの方向へ暴走した？

これからも元サークル仲間としてやっていこうという意志確認？

自分はこんなにさばけた女だというカトマリのアピール？

カトマリが泰介とまた会いたかった？

頭をひねって、ひねって、それでもこの程度しか仮説を思いつけない。そのくらい不可解な謎だった。一つ確かなのは、たとえどんな正解がそこに据えられていたとしても、今夜のサプライズ・パーティーがひどく悪趣味であることだ。

傷つけたいのであれば、本気で牙をむけばいい。美也をこんな戯れの餌食にされたくない。しんとした怒りのなかでそう思った瞬間、私の心は決まった。

「美也」

「ん？」

私の黙考中にもせっせと箸を動かし、紙皿の野兎をほぼ一人で平らげつつある美也が顔をあげた。脂をてかてか光らせた頬にブラウンソースをつけている。反射的に手をのばしてそれをぬぐい、一瞬、喉を詰まらせてから、私は覚悟して言った。

「じつはね、今、サークルのみんなが鎌倉野菜の店で……」

〈紗弓、電話に出ろ〉

〈おい、なんで電話に出ないんだよ〉

〈あーマジどうなってんだよ。すぐ来るとか言って全然来ないし電話も出ないし〉

〈どうするんだよサプライズ。美也はどうしたよ？〉

〈電話に出るか返信するかどっちか応えてくれ。頼む〉

〈本当に勘弁してくれ。せめていまどこで何してるのか教えてくれ。俺にも皆への説明責任がある〉

〈死んでねえよな？〉

〈生きてます（´）`）〉

美也と一緒に鹿と猪と雉と野兎を食べたところで、これから穴熊です〉

〈気は確かか？〉

〈泰介こそ〉

〈なんだよ〉

〈あんたお尻が軽いのは本能だからしょうがないって百歩譲っても、タチの悪い女の選び方はやめときな。いつかは顔も老けるし美也に捨てられるよ〉

〈どういう意味？　美也になんか聞いたのか〉

〈とりあえず今夜の美也は私が預かります。

そっちはそっちで楽しくやってください〉

〈待て。なにそれ〉

〈紗弓どういうこと？　何かあるなら教えて。説明して。なんかあった？〉

〈頼むからなんか言ってくれ！　俺はどうすりゃいいんだ〉

〈鎌倉野菜食べてれば？〉

〈カトマリさま
いろいろあって、今日はそっちへ行くのやめました。

これが、私と美也からのサプライズです〈(*ーー)〉

穴熊のコンフィ。鶉《うずら》のロースト。牛蛙《うしがえる》の唐揚げ。新たに調達したジビエ三皿をずらりと並べ、私たちは改めて「乾杯！」と鳴らないプラスティックのカップを合わせて、つい五分前に一つ歳を重ねた美也を祝った。すでに相当量を収めていながらも胃はまだ活力を損ねておらず、食べても食べてもまた新たな肉を請い求めるような飢餓感が去らない。月夜を翔《かけ》るカラスらしき鳥のシルエットを見ても唾が出るほどだ。

「穴熊、ヒット！　脂がめちゃくちゃ甘い。えぐみはないのに野趣はしっかりあって」

「鶉は手堅いよね。高級フレンチのメインも張れるセレブジビエっていうか、プレミアムジビエっていうか」

「これ、ほんとに牛蛙なのかな。鶏肉みたい。淡泊でイケる。いくらでも入りそう」

見る見る減っていくボトルの赤ワインと増えていく血中の獣性に頬をほてらせながら、私たちはこの一夜を意地でも楽しみぬこうという合意のもとに、皿の肉をつぎつぎ口へ運んでいく。一口食べては熱く吐息し、また一口食べては目を閉じて余韻を味わい、目の前の肉とただ純粋に向きあうことで世界のあらゆるややこしさから自分たちを解き放つ。時おり胃に充満した獣臭がげっぷと共に逆流して夜陰にスパークする瞬間、空だって飛べそうな気がする。

「くく。くくくくく……」

一心不乱の獣喰いの最中、突如、美也が体をよじって笑いだした。

「なに、美也。急に酔いがまわった？」

「ちょっとね、想像しちゃって。泰介たち、今ごろまだ鎌倉野菜食べてるのかなって」

顔をくしゃくしゃにした美也が目尻の涙をぬぐう。

「たとえば……パプリカ、とか。くく」

私はその図を想像した。確かに笑える。

「ぷ。ラディッシュとか？」

「そうそう、ズッキーニとか。くくく」

「ぷぷ。ヤングコーンとか」

「ア、アーティチョークとか」

「し、し、白いナスとか」

二人して鎌倉っぽい野菜を挙げあい、ひくひく肩を震わせる。野菜の名前がなぜこんなにおかしいのだろう。食べすぎのせいか笑いすぎのせいか、お腹が痛くて苦しい。

美也といるといつだって、私は箸が転んでもおかしいころの自分へ戻っていける。これからもきっと、いろんな深刻をバカ話に変えて、二人で笑いとばしていくんだろう。本当は泣きたいときも。この野蛮な世界でサバイバルしていく自信をなくしたときも。

テーブルの斜向かいでいちゃついていたカップルの影はもうなかった。満席の人で沸いていた飲食コーナーもいつしか静まり、若里ジビエーズの演奏も止んでいる。おかげで私たちの笑い声は深閑《しんかん》とした森を震わす咆哮《ほうこう》のようによく響く。

笑いの発作がようやく収まると、美也はさっぱりしたような顔で夜空を仰ぎ、「決めた」と唐突に三十五歳の抱負を語りだした。

「私、三十五歳のうちにTOEICのスコア840以上を取る」

「え」

「そしたら通訳ガイド試験の一次試験は免除になるから、二次試験にむけてがんばろっと」

通訳ガイド試験。ジビエの脂に濡れた口には似つかわしくない単語に、私は肉汁に染まった箸を止めた。

「美也、通訳ガイドになるの？」

「ってわけじゃないけど、あれば再就職に役立つかもしれないし、自分に自信もつくかなって。こんなご時世だし、泰介との将来も当てにならないし、転ばぬ先の杖？」

「なるほど」

「それに、TOEICのハイスコア持ってたら、少なくとも東京オリンピックで通訳ボランティアくらいはできるじゃない」

「東京オリンピック？」

「外国人のお・も・て・な・し。ちょっと楽しそうでしょ」

そう来たか、と私は美也の浮きたった顔に見入った。

東京オリンピック——ジビエ・フェスタとはスケールを異にする国を挙げてのお祭り。まだまだ先の自分とは関係のない空騒ぎと思っていたそれが、にわかに身近なものとして迫ってきた。

「面白そう。私もまたTOEIC受けてみようかな」

「そうだよ。紗弓も一緒に通訳ボランティアしようよ」

「四年に一度だもんね。つぎに日本で開催されるまで生きてるかわかんないし」

「そうそう、どんな外国人のイケメンと出会うかわからないし」

「私、やる。決めた」

「よし。一緒にがんばろう」

残りわずかな赤ワインを注ぎきり、「乾杯！」と二つのカップをひときわ高らかに掲げた、そのときだった。私たちのテーブルに二つの高い影が近づき、その一方が甘い声でささやきかけてきた。

「If not bothering, may we join you ?」

弾かれたように美也がふりかえる。その瞳がテーブルの脇に立つ男の金髪を、彫りの深い顔を、そしてその両手に抱えられた皿にある得体の知れないジビエの丸焼きを順に捉えていくのがわかった。こくりと美也の喉が鳴る。さっきの笑い涙でマスカラの滲んだ目元が妙になまめかしい。

「Why not？」

嫣然《えんぜん》と微笑む美也の声に、横にいたもう一人の黒髪の男も一歩足を進め、視線を移した私と目を合わせた。褐色の肌に潤むアーモンド形の瞳。そのストレートな誘う光に皮膚の表面がざわつく。鼓動が乱れる。腹部の熱がその下へ潜る。

彼を見たまま足先で美也のハイヒールを突くと、美也もまた同じ動作を返してきた。

血腥《ちなまぐさ》い夜のデザートがはじまる。

本書は文春文庫オリジナルです

初出誌「オール讀物」
「COPY」　二〇一七年十月号
「ト・モ・ダ・チ」　二〇一七年五月号
「卵の殻」　二〇一七年五月号
「水底の星」　二〇一七年五月号
「こっちを向いて。」　二〇一七年十月号
「ブータンの歌」　二〇一七年十月号
「ラインのふたり」　二〇一七年十月号
「獣の夜」　二〇一七年十月号

デザイン　木村弥世
DTP制作　エヴリ・シンク
JASRAC　出　1714448－701

文春文庫

女《おんな》ともだち

定価はカバーに
表示してあります

2018年3月10日　第1刷

著　者　村山由佳《むらやまゆか》　坂井希久子《さかいきくこ》　千早茜《ちはやあかね》
大崎梢《おおさきこずえ》　額賀澪《ぬかがみお》　阿川佐和子《あがわさわこ》
嶋津輝《しまづてる》　森絵都《もりえと》

発行者　飯窪成幸

発行所　株式会社 文藝春秋

東京都千代田区紀尾井町 3-23　〒102-8008
TEL 03・3265・1211㈹
文藝春秋ホームページ　http://www.bunshun.co.jp

落丁、乱丁本は、お手数ですが小社製作部宛お送り下さい。送料小社負担でお取替致します。

印刷製本・凸版印刷

Printed in Japan
ISBN978-4-16-791038-9

（　）内は解説者。品切の節はご容赦下さい。

奥田英朗
イン・ザ・プール
プール依存症、陰茎強直症、妄想癖など、様々な病気で悩む患者が病院を訪れるも、精神科医・伊良部の暴走治療ぶりに呆れるばかり。こいつは名医か、ヤブ医者か？　シリーズ第一作。
お-38-1

奥田英朗
空中ブランコ
跳べなくなったサーカスの空中ブランコ乗り、尖端恐怖症で刃物が怖いやくざ……。おかしな症状に悩める人々を、トンデモ精神科医・伊良部一郎が救います！　爆笑必至の直木賞受賞作。
お-38-2

奥田英朗
無理（上下）
壊れかけた地方都市・ゆめのに暮らす訳アリの五人。それぞれの人生がひょんなことから交錯し、猛スピードで崩壊してゆく様を描いた傑作群像劇。一気読み必至の話題作！
お-38-5

荻原　浩
幸せになる百通りの方法
自己啓発書を読み漁って空回る青年、オレオレ詐欺の片棒担ぎ、リストラを言い出せないベンチマン……今を懸命に生きる人々を描いたユーモラス&ビターな七つの短篇。（温水ゆかり）
お-56-3

大崎　梢
夏のくじら
大学進学で高知にやって来た篤史はよさこい祭りに誘われる。初恋の人を探すために参加するも、個性的なチームの面々や踊りの練習に戸惑うばかり。憧れの彼女はどこに!?（大森　望）
お-58-1

大崎　梢
プリティが多すぎる
文芸志望なのに少女ファッション誌に配属された南吉くんこと新見佳孝・26歳。くせ者揃いのスタッフや10代のモデル達のプロ精神に触れながら変わってゆくお仕事成長物語。（大矢博子）
お-58-2

小野一起
マネー喰い　金融記者極秘ファイル
ネタ元との約束を守って「特落ち」に追い込まれたベテラン記者・山沢勇次郎。謎のリークが記者たちを翻弄する中、メガバンクの損失隠しをめぐる怒濤の闘いが始まった！（佐藤　優）
お-66-1

（　）内は解説者。品切の節はご容赦下さい。

太田紫織
あしたはれたら死のう
自殺未遂の結果、数年分の記憶と感情の一部を失った遠子。その時に亡くなった同級生の少年・志信と自分はなぜ死を選んだのか——遠子はSNSの日記を唯一の手がかりに謎に迫るが。
お-69-1

勝目　梓
あしあと
記憶の封印が解かれる時、妖しく危うい官能の扉が開く。この世に起こり得ない不思議。倒錯の愛。夢とも現実ともつかぬ時空を往来しながら描く、円熟の傑作短篇十篇。（逢坂　剛）
か-11-4

角田光代
対岸の彼女
女社長の葵と、専業主婦の小夜子。二人の出会いと友情は、些細なことから亀裂を生じていくが……。孤独から希望へ、感動の傑作長篇。直木賞受賞作。（森　絵都）
か-32-5

角田光代
ツリーハウス
じいさんが死んだ夏、孫の良嗣は自らのルーツを探るべく、祖父母が出会った満州へ旅に出る。昭和と平成の世相を背景に描く、一家三代のクロニクル。伊藤整文学賞受賞作。（野崎　歓）
か-32-9

角田光代
かなたの子
生まれなかった子に名前などつけてはいけない——人々の間に昔から伝わる残酷で不気味な物語が形を変えて現代に甦る。時空を超え女たちを描く泉鏡花賞受賞の傑作短編集。（安藤礼二）
か-32-10

加納朋子
モノレールねこ
デブねこを介して始まった「タカキ」との文通。しかし、そのネコが車に轢かれ、交流は途絶えるが……。表題作「モノレールねこ」ほか、普段は気づかない大切な人との絆を描く八篇。（吉田伸子）
か-33-3

加納朋子
少年少女飛行倶楽部
中学一年生の海月が入部した「飛行クラブ」。二年生の変人部長・神《じん》ことカミサマをはじめとするワケあり部員たちは果たして空に舞い上がれるのか？　空とぶ傑作青春小説！（金原瑞人）
か-33-4

（　）内は解説者。品切の節はご容赦下さい。

道尾秀介
月と蟹
二人の少年と母のない少女、寄る辺ない大人達。誰もが秘密を抱えるなか、子供達の始めた願い事遊びはやがて切実な儀式に変わり――哀しい祈りが胸に迫る直木賞受賞作。（伊集院　静）
み-38-2

宮下奈都
田舎の紳士服店のモデルの妻
ゆるやかに変わってゆく。私も家族も――田舎行きに戸惑い、夫とすれ違い、子育てに迷い、恋に胸を騒がせる。じんわりと胸にしみてゆく、愛おしい「普通の私」の物語。（辻村深月）
み-43-1

村山由佳
星々の舟
禁断の恋に悩む兄妹、他人の恋人ばかり好きになる末っ子、居場所を探す団塊世代の長兄、そして父は戦争の傷痕を抱えて――愛とは、家族とはなにか。心震える感動の直木賞受賞作。
む-13-1

森　絵都
カラフル
生前の罪により僕の魂は輪廻サイクルから外されたが、天使業界の抽選に当たり再挑戦のチャンスを得る。それは自殺を図った少年の体へのホームステイから始まって……。（阿川佐和子）
も-20-1

森　絵都
風に舞いあがるビニールシート
自分だけの価値観を守り、お金よりも大切な何かのために懸命に生きる人々を描いた、著者ならではの短編小説集。あたたかくて力強い6篇を収める。第一三五回直木賞受賞作。（藤田香織）
も-20-3

森　絵都
架空の球を追う
生きている限り面倒事はつきまとう。でも、それも案外わるくないと思える瞬間がある。日常のさりげない光景から人生の可笑しさを切り取った、とっておきの十一篇。（白石公子）
も-20-4

（　）内は解説者。品切の節はご容赦下さい。

森 絵都
異国のおじさんを伴う
仕事に迷う。人生に迷う。旅先で出会う異質な時間に心がゆれる……。いまを生きる人たちの健気な姿を、短篇の名手が愛惜をこめて描きました。いとおしい十の物語！　（瀧井朝世）
も-20-7

森 博嗣
少し変わった子あります
都会の片隅のそのお店は、訪れるたびに場所がかわり、違った女性が相伴してくれるいっぷう変わったレストラン。そこで出会った一人の女性に私は惹かれていくのだが。　（中江有里）
も-22-2

森田健市
警視庁組対五課 大地班
ドラッグ・ルート
薬物捜査を手掛ける警視庁組対五課大地班に内部告発でもたらされた秘密の取引情報。それは、罠と裏切りで血塗られた悲劇の序章にすぎなかった――疾走感溢れる本格警察小説の誕生！
も-28-1

山本文緒
プラナリア
乳がんの手術以来、何もかも面倒くさい二十五歳の春香。矛盾する自分に疲れ果てるが出口は見えない――。現代の〝無職〟をめぐる心模様を描いたベストセラー短篇集。直木賞受賞作。
や-35-1

山本幸久
凸凹《でこぼこ》デイズ
エロ雑誌もスーパーのチラシもなんでもござれ、弱小デザイン事務所〝凹組〟に未曾有のチャンス？　遊園地のリニューアル、成功なるか。キュートなオシゴト系小説。　（三浦しをん）
や-42-1

山本幸久
カイシャデイズ
内装会社を舞台に、強面だが人望厚い営業チーフ、いつも作業着姿の施工監理部員、奇想天外なデザイナーと同僚たちが、情熱一杯に働く姿を描いたオシゴト系小説の大傑作！　（川端裕人）
や-42-2

（　）内は解説者。品切の節はご容赦下さい。

辻村深月
水底フェスタ
彼女は復讐のために村に帰って来た——過疎の村に帰郷した女優・由貴美。彼女との恋に溺れた少年は彼女の企みに引きずり込まれる。待ち受ける破滅を予感しながら…。（千街晶之）
つ-18-2

辻村深月
鍵のない夢を見る
どこにでもある町に住む女たち——盗癖のある母を持つ娘、婚期を逃した女の焦り、育児に悩む若い母親……私たちの心にさしこむ影と、ひと筋の希望の光を描く短編集。直木賞受賞作。
つ-18-3

津原泰水
たまさか人形堂それから
マーカーの汚れがついたリカちゃん人形はもとに戻る？　髪が伸びる市松人形？　盲目のコレクターが持ち込んだ人形の真贋は？　人形と人間の不思議を円熟の筆で描くシリーズ第二弾。
つ-19-2

中島らも
永遠《とわ》も半《なか》ばを過ぎて
ユーレイが小説を書いた？　三流詐欺師が写植技師と組み出版社に持ち込んだ謎の原稿。名作の誕生だ。これが文壇の大事件となって……。輪舞する喜劇。痛快らもワールド！（山内圭哉）
な-35-1

中島京子
小さいおうち
昭和初期の東京、女中タキは美しい奥様を心から慕う。戦争の影が濃くなる中での家庭の風景や人々の心情。回想録に秘めた思いと意外な結末が胸を衝く、直木賞受賞作。（対談・船曳由美）
な-68-1

中島京子
のろのろ歩け
台北、北京、上海。ふとした縁で航空券を手にし、忘れられぬ旅の光景を心に刻みこまれる三人の女たち。人生のターニングポイントにたつ彼女らをユーモア溢れる筆致で描く。（酒井充子）
な-68-2

七月隆文
天使は奇跡を希《こいねが》う
良史の通う今治の高校にある日、本物の天使が転校してきた。正体を知った彼は幼馴染たちと彼女を天国へかえそうとするが。天使の嘘を知った時、真実の物語が始まる。文庫オリジナル。
な-75-1

（　）内は解説者。品切の節はご容赦下さい。

柚木麻子
終点のあの子
女子高に内部進学した希代子は高校から入学した風変わりな朱里が気になって仕方ない。お昼を食べる仲になった矢先、二人に変化が……。繊細な描写が絶賛されたデビュー作。（瀧井朝世）
ゆ-9-1

柚木麻子
あまからカルテット
女子校時代からの仲良し四人組。迫り来る恋や仕事の荒波を、稲荷寿司やおせちなど料理をヒントに解決できるのか——彼女たちの勇気と友情があなたに元気を贈ります！（酒井順子）
ゆ-9-2

吉村　昭
闇を裂く道
大正七年に着工、予想外の障害に阻まれて完成まで十六年を要し、世紀の難工事といわれた丹那トンネル。人間と土・水との熱く長い闘いをみごとに描いた力作長篇。（高山文彦）
よ-1-53

吉田篤弘
空ばかり見ていた
小さな町で床屋を営むホクトは、ある日、鋏ひとつを鞄におさめ、好きな場所で好きな人の髪を切るために、自由気ままなあてのない旅に出た……。流浪の床屋をめぐる十二のものがたり。

よ-28-1

銀座百点　編
銀座24の物語
短篇小説のアンソロジーでここまで豪華な顔ぶれの作家陣の競作は他に例をみない。出会い、愛、友情、死……24人の作家が銀座を舞台に各々の切り口で描き出す贅沢な一冊。（松　たか子）
編-16-1

阿川佐和子・石田衣良・角田光代　ほか
あなたに、大切な香りの記憶はありますか？
「あなたには決して忘れない香りの記憶がありますか？」人間の記憶の中で〝香り〟は一番忘れ難いもの。遠いあの日を想い出す八人の作家が描く〝香り〟を題材にした短篇小説集。

編-20-3

文春文庫　最新刊